les 12 énigmes de Dalmas

Résolvez les douze énigmes présentées dans cet ouvrage pour trouver un véritable trésor d'une valeur de 150 000 € !

Sam Dalmas

les 12 énigmes de Dalmas

La chasse au trésor commence ici...

Les Éditions
MARABOUT

©Photographie de Christophe Alary.

Ce crâne d'or a été caché quelque part en France métropolitaine.

Retrouvez-le et gagnez 150 000 € !

Mode d'emploi de la chasse au trésor

À partir du 22 avril 2009, partez à la recherche du trésor de Dalmas ! Un crâne doré à l'or fin a en effet été enterré quelque part en France métropolitaine. Retrouvez-le et gagnez 150 000 euros !
Pour cela, il vous suffit de lire attentivement l'histoire de Sam Dalmas et de décrypter les douze énigmes contenues dans son carnet. Leur résolution vous permettra de déterminer précisément l'endroit où le précieux crâne est enfoui.
Le principe de cette chasse au trésor est donc simple : n'importe qui, à partir de ce seul ouvrage, peut se lancer sur les traces du trésor de Dalmas et, peut-être, le trouver... Que vous soyez un homme ou une femme, jeune ou moins jeune, chasseur de trésor amateur ou professionnel, le crâne de Dalmas est à votre portée puisqu'il est entièrement contenu dans les pages de cet ouvrage. Avec un soupçon d'astuce, un zeste de patience, une pincée de détermination et une bonne pelle, le trésor sera peut-être à vous !
Bonne chasse à tous !

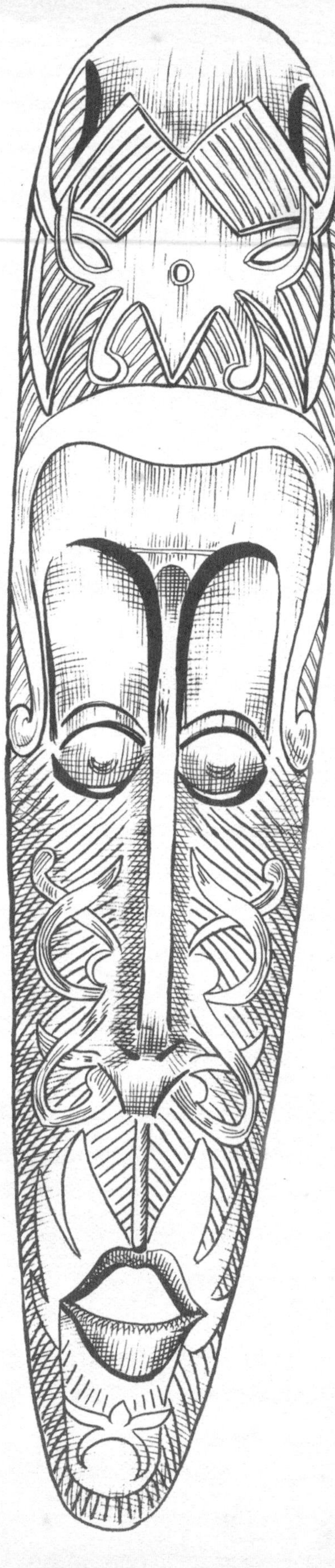

Ce n'est pas une légende : un jour ou l'autre, votre vie bascule. Ce n'est pas, non plus, une simple expression. C'est une réalité. Cela arrive à tout le monde, c'est comme ça, presque une loi de la physique, un rite de passage obligatoire. On ne le sait pas forcément tout de suite ; il faut parfois des mois, voire des années, pour comprendre que votre existence, à cause d'un seul événement, a changé du tout au tout. Et tout le monde ne le vit pas de la même manière. Mais un jour ou l'autre, que vous le vouliez ou non, ça vous arrive.

Moi, je ne pouvais le comprendre à l'époque, mais je le sais à présent : ma vie a basculé un jour de mai 1993. Et si vous lisez ce livre, je dois vous expliquer pourquoi.

J'avais toujours rêvé d'avoir un grand-père, un vrai. De ceux qui, dans des moments privilégiés, vous confient les moments importants de leur existence, vous livrent les histoires les plus incroyables de leur passé et, ce faisant, tissent des liens entre votre histoire à vous, dérisoire, et la grande histoire, celle avec un grand H. Qui n'a jamais rêvé de ces instants magiques où votre ancêtre vous offre les secrets d'une époque que vous n'avez pas connue, comme un trésor dont vous devenez le gardien ?

Malheureusement, je n'avais pas de grand-père. Ou plutôt si, j'en avais un, mais il vivait loin, sur un autre continent, si bien que nous n'avions jamais pu construire ou entretenir ce genre de relation. Pour tout dire, je ne l'avais jamais rencontré. Il n'était pour moi qu'un sourire sur de rares photos que mon père m'avait montrées.

Expatrié pendant toute mon enfance et mon adolescence, je n'avais eu pour seule famille que mes deux parents. Loin de moi l'idée de m'en plaindre – je les aimais tendrement et je leur dois beaucoup. Mais il me manquait une figure ancestrale, tutélaire que, inconsciemment je pense, je recherchais parmi les personnes que nous rencontrions au gré de nos fréquents déménagements.

Ainsi, le jour où je fus confronté à la mort tragique de mes parents, la première personne à laquelle je pensai fut ce grand-père que je ne connaissais pas, et je décidai de partir le retrouver en France.

Mais avant d'évoquer ces retrouvailles, laissez-moi d'abord vous raconter mon histoire depuis le début.

Je m'appelle Sam Dalmas. Je suis né en Éthiopie en 1979, en plein milieu du deuxième choc pétrolier. Mes parents étaient archéologues. Mais attention, l'archéologie n'était pas seulement leur métier : c'était leur passion, leur raison d'être. D'ailleurs, vous avez peut-être entendu parler d'eux : leurs articles furent publiés et les découvertes qu'ils firent en Afrique relayées dans le monde entier. Ils s'étaient rencontrés sur les bancs de la fac à Lyon, au tout début des années 1970, alors qu'ils achevaient leurs études de troisième cycle en archéologie. Mon père avait ensuite réussi le concours de conservateur du patrimoine, mais plutôt que de s'enterrer dans un poste prestigieux et confortable en France, ils avaient eu envie d'aventure, de voyage. Pour eux, quel que fût leur niveau d'étude, l'archéologie n'avait de sens que sur le terrain.

Ainsi, en 1977, mes parents partirent pour l'Éthiopie, au moment où, après la découverte de Lucy, les recherches sur les australopithèques se multipliaient là-bas. Deux ans plus tard, je naquis dans un petit village sur le plateau éthiopien, à quelques kilomètres seulement d'un site de fouilles. Mes parents ne me l'ont jamais dit, mais je crois bien que j'étais le fruit d'un accident.

Mon père et ma mère me portaient une immense affection, mais il faut bien reconnaître que, accaparés par leurs recherches, ils n'avaient pas beaucoup de temps à me consacrer. Et c'est sans doute ainsi que, immergé dans la culture africaine, j'héritai de ce profond respect pour les Anciens. Si ma mère s'étonnait que je ne traîne pas davantage avec les enfants de mon âge et que je privilégie la compagnie des personnes âgées, les gens d'Addis-Abeba, eux, trouvaient cette attitude normale. Là-bas, on grandit avec les vieux.

Comme nous nous déplacions souvent à travers tout le pays, il était difficile de m'envoyer à l'école. Mes parents, rechignant à l'idée de m'inscrire au lycée franco-éthiopien avec des fils de diplomates, choisirent donc d'avoir recours à des précepteurs pour faire mon éducation. Au cours des nombreuses années que nous passâmes sur les routes, j'en connus évidemment plusieurs, mais l'un d'entre eux m'a marqué plus que les autres.

Yared était l'ancien directeur du théâtre Hager Fikir d'Addis-Abeba. Il avait une voix si grave et si posée qu'on ne pouvait faire autrement que de l'écouter. Il parlait peu, mais toujours juste ; chaque fois qu'il me dictait une leçon ou qu'il me récitait un poème, j'étais comme hypnotisé par le son qui sortait de sa bouche. Alors qu'aucun de mes précédents maîtres n'y était parvenu, Yared sut me donner le goût des lettres et de la lecture. Je n'ai jamais perdu, depuis lors, l'amour des grands auteurs, et j'ai appris à chercher dans les textes bien plus que ce qui apparaît à la première lecture. Il m'incita à interpréter la poésie, le théâtre et même la chanson, et à découvrir leur sens profond. Je garde en tout cas pour ce vieil homme une affection toute particulière. Il avait un regard que je n'oublierai jamais, perçant, profond, si brillant qu'on croyait toujours qu'il était sur le point de pleurer.

Sa manière d'enseigner, en outre, n'était pas ordinaire. Chaque fois que je l'interrogeais, le vieil homme souriait, posait son index sur ses lèvres pour m'inciter à me taire, puis, avec deux doigts, il désignait ses yeux pour m'inviter à regarder. Se taire et regarder. C'est en cela que résidait, au fond, l'essentiel de son enseignement et, avec le recul, je crois qu'il n'est de précepte plus précieux. Yared m'a transmis le sens de l'observation, le plaisir qu'elle peut procurer quand on lui donne un sens, quand on en tire une leçon.

En réalité, je crois que je compris cela en ce fameux jour de mai 1993, le jour où ma vie a basculé. Et il est temps, à présent, que je vous raconte ce qu'il s'est passé ce jour-là.

❁

C'était le 15 mai 1993. Nous étions depuis un mois sur un site de fouilles de la vallée de l'Aouache. Toute la journée, j'avais vu mon père passer et repasser le même petit carré de terre au peigne fin. Parfois, il était capable de rester pendant des jours entiers sur une seule bande de terre, ce que les archéologues appellent le carroyage, cette technique qui consiste à découper un site en plusieurs zones identiques en le quadrillant. Mais jamais je ne l'avais vu s'entêter aussi longtemps. Je ne comprenais pas comment il pouvait conserver une telle persévérance après tant d'années passées à faire ce métier. À sa place, j'aurais perdu patience depuis longtemps. Et d'ailleurs, je la perdis au milieu de l'après-midi et décidai de rentrer au village. Mais alors que je venais de tourner les talons, je sentis la main de Yared se poser sur mon épaule.

— Tu ne devrais pas partir maintenant, Sam.

Je fronçai les sourcils. Cela faisait des heures que nous regardions mon père fouiller la terre en vain. Il faisait particulièrement chaud, ce jour-là, et je transpirais à grosses gouttes. Tous les autres, les collègues de mon père, leurs assistants, les étudiants et même ma mère, étaient partis depuis longtemps.

— Pourquoi ? demandai-je d'un air renfrogné.

Comme à son habitude, Yared ne répondit pas. Il se contenta de sourire et me fit signe de regarder en silence.

Je poussai un soupir de lassitude puis, les bras ballants, me résignai à rester encore un peu. À quatorze ans, la patience n'est pas la qualité majeure d'un jeune homme. J'allais pourtant découvrir qu'elle était une vertu capitale.

Jetant de temps en temps des coups d'œil à Yared en espérant qu'il allait enfin me laisser partir, je restai ainsi encore de longs moments, observant les gestes répétitifs de mon père, scrutant son visage, guettant la moindre surprise dans ses yeux, comme le signe salvateur qu'il se passait enfin quelque chose. Mais il ne se passait rien et le soleil commençait déjà à s'enfoncer derrière la cime des acacias. Je m'apprêtai à quitter les lieux pour de bon, prétextant le sommeil et la faim, quand je vis soudain mon père se relever.

Yared, aussitôt, se retourna vers moi et m'adressa un sourire satisfait – sa leçon était terminée. Au loin, mon père semblait s'exciter ; je le vis s'agenouiller à nouveau, brosser la terre avec un mélange de minutie et de frénésie. Petit à petit, il dégagea une forme du sol et je le vis se frotter la figure, comme submergé par sa découverte.

Intrigué, je m'approchai lentement. Je distinguai alors plus clairement le visage stupéfait de mon père. Pétrifié, il regardait fixement le sol devant lui, et c'était comme si le monde entier avait disparu tout autour. Je franchis les derniers mètres et découvris, dans la terre, l'incroyable trésor que mon père venait de mettre au jour.

Là, enfoncé dans le sol noirâtre du plateau éthiopien, à plusieurs kilomètres de la première habitation, loin du monde, loin de tout, je contemplai, ébahi, un magnifique crâne en or massif, venu du fond des âges, semblait me dévisager. Splendide, l'objet scintillait dans la lumière violacée du soleil couchant. C'était, sans aucun doute, le plus beau et le plus étonnant artefact que mon père ait découvert de toute sa carrière. Je n'avais, en tout cas, jamais vu de pièce aussi exceptionnelle. Pur, lisse, brillant, le crâne doré était d'un réalisme saisissant. Dérangeant, presque.

De ce qui se passa ensuite, je n'ai qu'un souvenir vague, confus. Je vois encore Yared nous rejoindre, poser une main sur mon épaule et observer le crâne en or pendant quelques instants ; il me semble distinguer alors dans ses yeux une lueur qui n'exprimait ni la surprise ni l'enthousiasme, mais ce qui me paraissait être de la peur et des regrets. J'ai ensuite l'image de mon père, les mains tremblantes, se frottant le visage, incrédule, se penchant pour toucher ce trésor du bout des doigts, puis se redressant à nouveau, comme s'il ne parvenait à maîtriser ses émotions. Je les vois ensuite tous les deux s'éloigner de quelques pas et se lancer, l'air grave, dans une conversation que je ne comprends pas. Le visage de mon père se décompose, celui de Yared se durcit. Mes souvenirs, peut-être, m'abusent, mais il me semble que le ton monte, que l'un et l'autre s'emportent. Puis, soudain, mon père paraît se résigner. Il acquiesce. Je devine que tout ceci ne me regarde pas, que ce sont des mots d'adultes ; je fais mine de ne pas entendre, de ne pas voir, et je me concentre sur le crâne, comme obnubilé par les deux orbites terrifiants où se reflète mon image déformée.

Mon père, enfin, revient vers moi. Il m'attrape par le bras et me regarde droit dans les yeux.

— Sam, est-ce que tu sais garder un secret ?

Je hausse les épaules.

— Oui, bien sûr, papa.

Je le vois adresser un regard gêné à Yared. Puis il me fixe à nouveau.

— Alors promets-moi que tu ne raconteras jamais à personne ce que tu viens de voir ici. Jamais.

Je fronce les sourcils.

— Pourquoi ?

Je vois aussitôt la colère monter en lui. Une colère à laquelle je ne suis pas habitué. Soudain, je comprends que c'est sérieux. Que jamais cela n'a été aussi sérieux.

— Parce que je te le demande ! s'exclame-t-il. Je… je n'aurais pas dû déterrer ça. Promets-moi que tu ne le raconteras jamais.

Il s'est glissé entre le crâne et moi, si bien que je ne vois plus ce dernier. Je me penche sur le côté, ne résistant pas à l'envie de regarder une dernière fois ce trésor étonnant, mais mon père m'attrape par l'épaule.

— Tu me le promets ? insiste-t-il.

— Oui, je te le promets, papa.

— Bien. Oublie tout ce que tu as vu et rentre vite au village.

Décontenancé, je lui obéis. Je pars en courant, abandonnant derrière moi les deux hommes et leur secret.

Je n'ai, depuis lors, jamais revu le crâne en or que mon père avait exhumé de la terre éthiopienne. Jamais.

Au cours des jours qui suivirent, le comportement de mon père devint étrange. Plus le temps passait, plus il semblait préoccupé. Plus jamais il ne fit allusion à sa découverte et, pour tout dire, je pense que personne sur le site n'en fut informé. Sans la moindre explication, Yared prit congé de nous deux jours après la mise au jour du crâne et, à mon grand désespoir, nous ne le revîmes jamais. Quant à moi, je tins ma promesse et restai silencieux. Il faut dire que j'entrais, à ce moment-là, dans un âge où la vie de vos parents ne vous intéresse plus vraiment et où l'on cherche plutôt d'autres compagnies.

Progressivement, la vie reprit son cours normal et je finis même par oublier cette histoire. Pendant cette période, toutefois, mon père fit preuve d'une certaine nervosité et d'une irritabilité que nous ne lui connaissions guère. Soucieux et grave, il parlait moins, s'absentait souvent. Nos rapports se tendirent et je me rapprochai davantage de ma mère.

Deux ans plus tard, durant l'été 1995, mon père fit un voyage en Europe. Je sais aujourd'hui qu'il emporta avec lui le crâne en or et que c'est sans doute pour cette raison qu'il partit seul. Mais, à ce moment-là, je ne me posai pas la question. J'étais simplement heureux d'être libéré pendant quelques jours de ce père devenu acariâtre.

À son retour, il me sembla qu'il avait changé. Il paraissait plus détendu, plus serein, comme s'il s'était débarrassé d'un poids. À présent, je comprends mieux ce soudain changement d'attitude.

La vie, peu à peu, redevint paisible. J'eus le sentiment de retrouver mon père. Nos déplacements furent moins fréquents. L'année de mes dix-huit ans, mes parents s'installèrent dans une grande maison à une demi-heure de la capitale éthiopienne. Après avoir obtenu mon baccalauréat par correspondance, j'entrai à l'université d'Addis Abeba. Yared, entre mille autres choses, m'avait transmis l'amour de la musique ; ce fut donc tout naturellement que je m'inscrivis en section de musicologie.

Les années qui suivirent furent sans histoires. Ma mère dirigea un site de fouilles au sein même de la ville et mon père fut nommé conservateur au musée national d'Addis-Abeba. Quant à moi, je me partageais entre mes études et ma passion grandissante pour les instruments de musique traditionnelle. La vie était douce, simple et calme. Du moins, jusqu'à ce soir d'octobre 2003.

☸

C'était un mercredi. J'avais passé la soirée à jouer dans un tejbeit, un de ces petits bars où l'on se retrouve pour boire le tedj en écoutant de la musique traditionnelle.

Du haut de mes vingt-quatre ans, je n'avais pas terminé mes études de musicologie et vivais toujours chez mes parents, encore indécis quant à la carrière que je voulais embrasser. Mon père et ma mère ne semblaient pas pressés de me voir partir ; je pense même qu'ils redoutaient qu'un jour j'éprouve le besoin de rentrer en France. Alors ils étaient heureux de m'héberger et, dans l'ensemble, nous nous entendions bien. Tous les jours, j'enfourchais mon scooter et faisais une demi-heure de route pour rejoindre la grande ville ; le soir, je faisais le chemin inverse pour retrouver le calme apaisant de notre maison isolée.

Ce soir-là, donc, je sortis du tejbeit vers vingt-deux heures, légèrement ivre. Je décidai de marcher dans la ville pour dessoûler avant de remonter sur mon scooter. Je ne pouvais pas savoir à cet instant que c'était la dernière fois que je voyais la ville ainsi. Et si j'étais rentré immédiatement, les choses auraient sans doute été différentes... Malheureusement, on ne réécrit pas l'histoire...

Il devait être près de minuit quand je me décidai enfin à rentrer chez mes parents.

1056

Je me souviens encore de ce trajet, mon visage fouetté par le vent, les dernières lumières d'Addis-Abeba défilant autour de moi, la terre colorée et la végétation de plus en plus dense à mesure que je m'éloignais de l'agglomération.

Quand je vis au loin la colonne de fumée se dresser au-dessus des arbres, je sus tout de suite qu'il était arrivé quelque chose chez mes parents : il n'y avait pas d'autre habitation cinq cents mètres à la ronde.

Aussitôt, les battements de mon cœur s'accélérèrent. Je fonçai vers la maison aussi vite que le permettait la petite route qui menait à notre jardin. Quand j'arrivai devant la maison en flammes, je descendis du scooter et m'approchai, le souffle coupé. Le feu avait déjà dévoré tout le bâtiment. La température était si élevée alentour que je ne pus même pas pénétrer dans le jardin.

Je restai paralysé quelques instants, comme possédé par l'indicible et inacceptable spectacle qui se déroulait sous mes yeux. Quand je sortis de ma stupeur, je me demandai ce que je pouvais faire. Appeler les secours ? Il était déjà trop tard. J'entendais les sirènes des pompiers au loin, mais tout avait déjà brûlé. Je compris dès lors qu'il n'y avait aucune chance que mes parents aient survécu. Et que j'étais orphelin.

Je m'effondrai, abasourdi, l'esprit assailli de mille émotions : la peur, le chagrin, la colère, l'incompréhension... Et surtout, cette impression d'abandon total et absolu. Pour la première fois de ma vie, je me sentis réellement seul et parfaitement incapable d'appréhender ce qui m'attendait ensuite.

Lorsque les pompiers arrivèrent, ils me trouvèrent assis face aux décombres fumants, l'air hagard. Je restais désespérément muet à leurs questions. Pourtant, je venais de prendre une importante décision : j'allais rentrer en France.

❋

Après dix journées harassantes passées à m'occuper des pénibles et fastidieuses formalités, je quittai donc l'Éthiopie pour me rendre sur la terre de mes parents.

Mon grand-père, cet homme que je ne connaissais pas, avait proposé de m'héberger et, n'ayant aucune autre attache en France, je décidai d'accepter son offre, au moins pour quelque temps. C'était en 2003. Je vis encore chez lui aujourd'hui.

Je me souviens encore de l'angoisse qui m'habitait quand, en descendant de l'avion, je cherchai dans la foule un visage qui pût m'évoquer celui de mon père. J'avais peur de ne pas reconnaître mon aïeul, de ne pas savoir quoi lui dire, de me sentir un étranger... Or, je ne sais si c'est parce qu'il me souriait, mais je le reconnus immédiatement. Et aussitôt, je cessai d'être orphelin.

Charles Dalmas, mon grand-père, ressemblait tellement à son fils que c'en était troublant. C'était le portrait craché de mon père, les rides et les cheveux blancs de Yared en plus. Doux et tranquille, il semblait à la fois généreux et sûr de lui. Ses énormes sourcils blancs, touffus, lui donnaient un air de vieux savant et je reconnus dans ses grands yeux bleus les miens. Je crois d'ailleurs que nous pleurions un peu tous les deux.

À peine eussé-je passé la barrière de sécurité que déjà il me serrait dans ses bras, et ce fut comme si l'on avait enfin assemblé deux pièces d'un puzzle depuis trop longtemps défait. À cet instant précis, nous nous adoptâmes l'un l'autre, pour toujours.

C'est ainsi que, saisi par le froid de l'hiver français et encore accablé par le deuil, je m'installai dans la petite maison de mon grand-père, au milieu de la campagne. Les premières semaines, je les passai à l'écouter. Il parlait sans cesse et de manière si captivante que j'avais l'impression d'être

Shahryar écoutant Shéhérazade dans les *Mille et Une Nuits*. Nous avions tant de choses à nous raconter – lui sur mon père, moi sur l'Afrique – que nous ne voyions pas le temps passer. Nous ne mettions le nez dehors que pour faire quelques courses au village et passions nos journées à rattraper le temps perdu. Je crois, au fond, que ces semaines furent salvatrices et sans doute n'aurais-je pu affronter si sereinement la mort soudaine et tragique de mes parents sans l'aide de ce grand-père tombé du ciel.

Au bout d'un mois, je me décidai tout de même à me confronter à ce pays dont j'ignorais tout.

Il me fallut quelque temps, évidemment, pour encaisser le choc des cultures. Quand on a passé les vingt-quatre premières années de sa vie en Afrique, se retrouver soudain en France n'est pas forcément facile à vivre ; les gens, dans le village, me trouvaient un drôle d'air, avec mon look et mes manières. Moi, Sam, Africain blanc portant des dreadlocks, je ne bénéficiais d'aucun attrait pour l'exotisme, comme cela aurait pu être le cas dans la métropole parisienne. Un Éthiopien prénommé Samuel ? Étais-je au moins un falasha, un juif d'Éthiopie, blanc par hasard ? Même pas. Sam n'est pas le diminutif de Samuel mais de Samru, signifiant « miracle » en amharique. Mes parents m'avaient choisi ce prénom parce que j'étais né dans un train, sans que ma mère ne bénéficie de l'aide de quiconque, accoucheuse, sage-femme ou sorcier.

Avec le temps, je finis par me faire accepter. À la rentrée suivante, j'obtenai même un poste de professeur de musique dans le collège du village et je devins un habitant comme les autres, ou presque. Certains m'appelaient l'Africain ; les enfants, eux, m'appelaient Monsieur Dalmas. À nouveau, je retrouvai une vie paisible. Je ne demandais rien de plus. Petit à petit, je me remettais de la mort de mes parents, heureux de vivre sous le même toit que mon grand-père. Reprenant confiance, je crus que, cette fois, plus rien ne pourrait m'arriver dans ce petit village isolé. Qu'ici, j'étais en sécurité. Je me trompais.

❁

C'était un soir de juin, avant les grandes vacances. Je venais de donner mon dernier cours au collège et les élèves m'avaient fait une surprise pour me témoigner leur affection : ils m'avaient interprété un morceau de Mozart qu'ils répétaient en secret depuis des semaines.

À la fin de la journée, je rentrai, encore ému, pressé de raconter la chose à mon grand-père, de partager avec lui ce moment si gratifiant. Quand j'arrivai devant la maison et que je vis la porte vitrée brisée, je compris aussitôt qu'il s'était passé quelque chose.

Je me précipitai à l'intérieur et découvris, stupéfait, mon grand-père assis au milieu du salon, les yeux dans le vague, l'air complètement affolé. Je m'assis à ses côtés.

— Tout... tout va bien ? demandai-je d'un air presque gêné.

Mon aïeul se tourna lentement vers moi. Son visage, impassible, n'exprimait plus la moindre émotion. Et ses yeux semblaient voir à travers moi, comme si j'étais devenu parfaitement invisible.

— Il... il est venu...

Je n'étais pas sûr de comprendre. Le vieil homme divaguait peut-être...

— Qui ça, « il » ?

— Il a pris le carnet... Il l'a volé...

— Tu t'es fait cambrioler ? C'est ça ?

Mon grand-père hocha la tête.

— Je vais appeler la police, dis-je.

— Non !

Il me retint par la manche.

— Non, surtout pas la police. Je... Il faut que tu saches. Je vais tout t'expliquer, Sam.

Et c'est ainsi que mon grand-père se décida enfin à me raconter l'histoire incroyable qu'il m'avait cachée si longtemps. J'eus d'abord bien du mal à le croire, mais je sais à présent que c'était la pure vérité. Et pour être tout à fait sincère, j'aurais préféré que cela ne le fût pas. Les choses, aujourd'hui, seraient beaucoup plus simples.

☸

— J'aurais peut-être dû te raconter tout cela plus tôt, Sam, mais je n'étais pas sûr de pouvoir le faire…

— Mais de quoi veux-tu parler, bon sang ?

Mon grand-père poussa un long soupir.

— Un jour, en 1995, ton père a débarqué ici sans prévenir.

Je me rappelai aussitôt le voyage en solitaire de mon père, mais il était perdu au milieu des souvenirs confus de cette époque, que mon esprit d'adolescent avait sans doute choisi d'oublier.

— Il n'était pas dans son état normal. Il était stressé, agressif et, surtout, il refusait de m'expliquer la raison de sa venue. J'ai d'abord cru qu'il s'était passé quelque chose avec ta mère. Et puis, au bout d'une semaine, il est reparti. Je l'ai accompagné à l'aéroport et c'est alors, juste avant de monter dans l'avion, qu'il

m'a demandé quelque chose de vraiment étrange…

Mon grand-père fit une pause. Je le vis passer sa langue sur ses lèvres. Le pauvre avait visiblement été secoué par le cambriolage. Je lui tendis un verre d'eau. Il fit alors une moue embarrassée.

— Sam, je prendrais bien un petit remontant, moi, plutôt qu'un verre d'eau. Tu ne crois pas qu'un bon whisky s'impose ?

Je lui retournai son sourire et partis nous servir deux verres de single malt.

— Alors ? demandai-je en reprenant place à côté de lui. Il t'a demandé quoi, papa, avant de monter dans l'avion ?

— Il m'a dit qu'un jour j'allais recevoir un paquet et qu'il faudrait que je garde précieusement ce qu'il contiendrait, que j'y fasse attention comme à la prunelle de mes yeux. Je lui ai demandé de me donner davantage d'explications, mais rien n'y fit : tout ce qu'il voulait, c'était que je promette de cacher le contenu de ce paquet, de le protéger et de ne jamais en parler à quiconque.

— Et alors ?

— Eh bien, oui, j'ai accepté. Je dois t'avouer que je me suis demandé si ton père n'était pas devenu fou, mais j'ai promis.

Quelques années plus tard, en 2002 très exactement, le colis est arrivé par la poste.

— Et qu'est-ce qu'il y avait dedans ?

Mon grand-père, qui visiblement aimait ménager ses effets, marqua une nouvelle pause pour prendre une longue gorgée de whisky. Je l'imitai en espérant que cette marque de solidarité l'inciterait à achever son histoire.

— Qu'est-ce qu'il y avait dans le paquet ? le relançai-je.

— Il y avait une lettre de ton père et un carnet. Un étrange carnet.

— Un carnet de notes de papa ?

— Non. Pas du tout. Ce n'était pas son écriture, et ce n'était pas de simples notes. C'était bien plus étrange...

— Mais c'était quoi, au juste ? m'impatientai-je.

— C'est difficile à décrire, Sam. Il y avait des dessins, des croquis, des chiffres, des textes... Mais je t'avoue que je n'y ai jamais compris grand-chose. Dans sa lettre, ton père me suppliait de garder précieusement ce carnet et... Voilà. Aujourd'hui, on me l'a volé. Un homme est entré tout à l'heure dans la maison, a pris le carnet et s'est enfui. J'ai...

Ses lèvres se mirent à trembler et je vis une larme perler au coin de son œil.

— J'ai failli à ma promesse. Ce carnet était tout ce qu'il me restait de ton père et, à présent, je ne l'ai plus.

À cet instant, j'aurais aimé pouvoir consoler mon grand-père, mais j'étais beaucoup trop abasourdi par tout ce que je venais d'entendre pour être en mesure de formuler la moindre parole. Les questions m'assaillaient par centaines. En quoi consistait ce mystérieux carnet ? Pourquoi mon père l'avait-il confié à son propre père ? Qui l'avait volé, et pourquoi ? Jamais je n'aurais imaginé que mon père pût avoir cette facette si énigmatique, presque théâtrale. Cela ne ressemblait pas au souvenir que j'avais de lui.

— Comme je m'en veux ! reprit mon grand-père en me serrant le bras. Je ne l'ai pas vu entrer. Le pire, c'est que j'aurais dû m'y attendre. Ton père m'avait mis en garde. L'homme qui est venu me voler le carnet, ce doit être celui dont il parlait dans sa lettre… Comment s'appelait-il déjà ? Il faudrait que je relise la lettre de ton père. Tu veux bien aller la chercher, Sam ?

— Tu l'as conservée ?

— Oui, bien sûr. Elle doit encore être dans mon bureau, dans mon sous-main.

Je ne me fis pas prier : je courus aussitôt à l'étage, entrai dans le bureau de mon grand-père et me mis à fouiller dans ses affaires. Je trouvai rapidement une enveloppe jaunie sur laquelle figurait simplement le nom « Charles Dalmas ». Aucun doute. C'était l'écriture de mon père.

Papa,

Au moment où je suis venu en France, il y a sept ans,
rappelle-toi, tu m'as fait une promesse : garder précieusement, si
tu le recevais un jour, le paquet que je t'enverrais.
Hélas pour toi, sans doute, ce moment est arrivé. Tu trouveras ci-joint
un carnet. Je suis certain que tu vas te demander de quoi il en
retourne. Tout ce que je peux te dire, papa, c'est que ce carnet
représente pour moi mon bien le plus précieux.
Il est absolument capital que tu le caches et le protèges, comme tu
me l'as promis.
Bien que je sois sûr que tu feras attention, je dois te mettre en garde,
avec insistance, contre un homme, un certain Onyx. Si jamais
un jour cet homme parvient à sortir de prison, sache qu'il n'aura
de cesse de mettre la main sur ce carnet. Par tous les moyens.

Ton fils qui t'aime

J. Dalmas

PS : Si un jour il devait arriver quelque chose au carnet, appelle Sam,
et dis-lui que vous trouverez des informations sur la toile, à son nom.

Je marchai si lentement que j'eus le temps de lire la lettre une deuxième fois avant de la tendre à mon grand-père. Il glissa ses lunettes sur son nez et parcourut rapidement le message de mon père.

— Onyx ! Voilà ! C'est sûrement lui qui m'a volé le carnet ! Mon pauvre Sam... Je ne sais pas comment nous allons faire.

— Tout ceci... tout ceci est incroyable, dus-je reconnaître, encore sous le choc.

— Je n'ai jamais compris de quelle toile ton père voulait parler dans son post-scriptum. Je me suis toujours demandé s'il faisait référence à un tableau accroché dans votre maison, en Éthiopie. Mais il aura brûlé, sans doute...

Je fronçai les sourcils. La toile... Je n'étais pas certain que mon père fît référence à une peinture.

— Je pense qu'il veut parler d'Internet.

En langage moderne, il était en effet plus probable que mon père parlât plutôt du web, traduction anglaise de « toile ». Il était normal que mon grand-père n'ait pas saisi l'allusion, lui qui ne comprenait rien à l'informatique.

— Il faut que nous cherchions sur Internet, expliquai-je.

— Chercher quoi ?

— Je n'en sais rien. Dans sa lettre, papa dit : « Si un jour il devait arriver quelque chose au carnet, appelle Sam, et dis-lui que vous trouverez des informations sur la toile, à son nom ». Peut-être suffit-il de taper mon nom sur Internet.

Je vis mon grand-père grimacer.

— Saperlipopette, je n'y comprends rien, à ce truc-là !

— Ne t'inquiète pas, on va regarder cela ensemble.

Je partis chercher mon ordinateur portable et nous nous installâmes ensemble à la table du salon. Je devinai l'excitation dans le regard du vieil homme. Malgré l'émotion qu'avait dû lui causer le cambriolage, il avait retrouvé toute sa vigueur. Sans doute était-il aussi fasciné que moi par toute cette histoire. C'était comme si mon père, par-delà la mort, nous avait réunis en nous confiant une quête commune.

Je me connectai sur un moteur de recherche et tapai mon nom, sous ses deux formes : « Sam Dalmas » et « Samru Dalmas ». Après avoir épluché les nombreux homonymes, nous ne trouvâmes rien qui évoquât notre affaire. Rien sur mon père, rien sur un mystérieux crâne en or, rien non plus sur Onyx.

— Tu vois, grogna mon grand-père, ça ne donne rien, ce truc…

— Allons ! Ne perds pas patience si vite !

Je me rendis compte à cet instant que je venais de parler comme mon père. C'était lui, à l'époque où je le regardais fouiller la terre sur le plateau éthiopien, qui m'avait enseigné les vertus de la persévérance. Et à présent – quel paradoxe ! –, c'était à mon tour de donner à mon propre grand-père des leçons de patience...

— Que dit la phrase, déjà ? « Sur la toile, à son nom. » C'est sans doute encore plus simple ! Il suffit peut-être de taper mon nom comme si c'était l'adresse d'un site web !

Je tentai plusieurs adresses, plusieurs extensions. Puis, quand j'en fus à « http://www.samdalmas.com », mon grand-père et moi comprîmes aussitôt que nous avions trouvé ce que nous cherchions.

La page s'ouvrit avec, en arrière-plan, un paysage que je n'eus aucune peine à reconnaître. Il s'agissait d'une photo magnifique de la vallée de l'Aouache, la région où mon père avait fait de nombreuses fouilles. Au milieu, une fenêtre s'était ouverte qui nous invitait à entrer un mot de passe.

— Les choses se compliquent, murmurai-je. À ton avis, à quel mot de passe papa a-t-il pu penser ?

Mon grand-père haussa les épaules.

— Je n'en sais rien...

— Bon. Eh bien, allons-y au hasard.

J'essayai, avec frénésie, tout ce qui me passait par la tête. Mon nom, celui de mes parents, celui de mon grand-père, le nom du village où nous avions habité, puis des mots clefs qui me semblaient évidents, comme « carnet », « Onyx », etc... Mais aucun ne correspondait au mot de passe. Je cherchai plus loin encore et tapait le nom de Yared, mais cela ne marchait toujours pas.

Peut-être, à cet instant, aurais-je pu penser au crâne en or que mon père avait trouvé dans la terre éthiopienne. Après tout, c'était la seule chose vraiment mystérieuse qui lui fût arrivée et dont j'avais eu connaissance. Mais, comme je vous le disais plus tôt, cet événement était complètement sorti de ma mémoire. Et même si je me souvenais de cette période tumultueuse de notre passé, les détails ne m'étaient pas encore revenus en mémoire.

Cette fois-ci, ce fut à mon tour de perdre patience. Je tapai du poing sur la table.

— Mais quel est le mot de passe, bon sang !? m'exclamai-je en regardant l'écran comme s'il avait pu me répondre.

— Je reconnais bien là ton père, lui qui adorait les énigmes.

— Ah bon ? Papa aimait les énigmes ?

— Bien sûr ! Pourquoi crois-tu qu'il est devenu archéologue.

— Je n'avais jamais vu les choses sous cet angle.

— Je t'assure, cette histoire de carnet secret

et de mot de passe, c'est tout à fait son genre ! Allons... Il ne dit rien dans sa lettre qui puisse nous aider ?

Je relus la lettre une troisième fois, mais à aucun endroit mon père ne faisait allusion à un mot de passe. Mon grand-père prit la lettre et l'inspecta méticuleusement à son tour.

— Ton père adorait la dissimulation, tu sais. Il aimait les jeux d'esprit, les charades... Je suis sûr que le mot de passe est caché quelque part dans cette lettre.

Il la souleva à la lumière et essaya de regarder à travers. Rien. Il retourna la missive et passa sa main au dos. Toujours rien.

— Parfois, la solution est évidente, mais elle nous échappe.

— Si elle nous échappe, c'est qu'elle n'est pas évidente, répliquai-je, incapable de contenir mon agacement.

Soudain, mon grand-père poussa une exclamation si fort qu'elle me fit sursauter.

— J'ai trouvé ! C'est bien ce que je disais ! C'est tellement évident que je n'avais jamais remarqué !

— Quoi ?

Il fit glisser son doigt le long de la marge gauche de la lettre de mon père.

— C'est un acrostiche, Sam ! Il suffit de prendre la première lettre de chaque ligne. Regarde. Ça ne peut pas être une coïncidence !

Si tu ne lis que la première lettre de chaque ligne, ça fait Arthur Rimbaud !

D'un coup d'œil, je constatai que mon grand-père avait vu juste. Et, en effet, ce ne pouvait pas être une coïncidence. Rimbaud avait longtemps vécu en Éthiopie, et c'était le poète favori de mon père. En outre, son poème, *Voyelles*, était une forme d'acrostiche… Il y avait une logique à tout ça.

Sans perdre un seul instant, je tapai le nom du poète sur le clavier de l'ordinateur. Aussitôt, la page Internet devint noire et une vidéo démarra.

De mon grand-père ou de moi, je ne sais lequel de nous deux fut le plus ébranlé par l'image qui apparut alors sur l'écran. Ce qui est certain, c'est que, pris par l'excitation de notre recherche, nous ne nous étions préparés ni l'un ni l'autre à ce à quoi, pourtant, nous aurions dû nous attendre : le visage et la voix de mon père.

Frédéric Dalmas, comme revenu du pays des morts.

Sur fond noir, cadré en plan américain, il avait l'air à la fois grave et serein, la voix posée. Il y avait quelque chose de profondément troublant dans cette vidéo ; pendant quelques secondes, ce fut comme si mon père était vivant et qu'il s'adressait directement à nous, comme si nous avions, nous, voyagé dans le temps, ou comme s'il avait, lui, ressuscité.

Le choc fut si intense que, une fois la vidéo terminée, je réalisai que je n'avais pas écouté les mots qu'avait prononcés mon père.

— Que... qu'est-ce qu'il a dit ? balbutiai-je, la gorge nouée.

— Je ne sais pas, avoua mon grand-père, sans doute aussi bouleversé que moi.

Je relançai la vidéo et, cette fois-ci, je me concentrai sur le message de mon père. J'eus beau écouter chaque phrase avec attention, je fus incapable de comprendre le sens de ce que mon père venait de dire. Quelque chose clochait.

— Qu'est-ce que c'est que ce charabia ? Il avait bu ou quoi ?

Les phrases paraissaient simples, mais elles étaient entrecoupées d'éléments étranges et étrangers au reste du contenu. Il y avait quelque chose de poétique et de rythmique là-dedans... C'était un nouveau code, un nouveau cryptage !

— C'est encore un message caché ! expliquai-je à mon grand-père. Il faut que nous notions le texte entier pour voir si nous pouvons trouver quelque chose.

— Eh bien ! Il faut croire que ton père tenait à ce que tout ceci reste secret pour qu'il prenne autant de précautions !

Il me fallut de longues minutes pour retranscrire le texte du message vidéo de mon père, et de longues heures encore pour le décrypter. Comme dans sa lettre, il avait utilisé le principe de l'acrostiche pour cacher une simple phrase au sein de son long discours. Quand nous eûmes fini de décoder, je lus à haute voix le message laissé par mon père.

— « Derrière l'ancien bureau de maman. »

Je jetai un regard perplexe à mon grand-père.

— L'ancien bureau de maman ? répétai-je, déconcerté. Mais il a brûlé ! Toute la maison a brûlé !

Quand mon père avait filmé ce message – probablement au moment où il avait posté le carnet à mon grand-père en 2002 –, il ne pouvait pas savoir qu'il allait mourir dans l'incendie de sa maison.

C'était une catastrophe. Le message de mon père ne servait plus à rien maintenant que la maison était réduite en cendres. Je poussai un long soupir de découragement.

— À moins que…

Un sourire se dessina sur le visage de mon grand-père.

— Quoi ? le pressai-je.
— Ton père n'a pas parlé du bureau de ta mère, il a parlé de l'ancien bureau de ta mère.
— Je ne vois pas où tu veux en venir.
— Il ne parlait peut-être pas de votre maison en Éthiopie, Sam. J'en mettrais ma main à couper : il parlait de l'autre maison. Celle que tes parents ont occupée en France avant de partir pour l'Afrique.
— Ils avaient une maison ?
— Eh bien, en réalité, c'est une maison qui m'appartient et que je leur avais prêtée quand ils étaient un jeune couple sans enfant. Un jour, elle te reviendra, Sam.

Je fis un geste agacé de la main. Je n'aimais pas quand mon grand-père évoquait les questions d'héritage. C'était visiblement un sujet qui lui importait beaucoup : très prévoyant, il s'était constitué un patrimoine tout au long de sa vie et avait déjà préparé les détails de sa succession. Lui comme moi aurions bien évidemment préféré que ses biens reviennent à mon père. Mais il fallait que je l'assume aujourd'hui : j'étais le seul héritier de Charles Dalmas.
— Elle est où, cette maison ?
— À une trentaine de kilomètres d'ici.

❁

De toute ma vie, je crois n'avoir jamais trouvé si long un simple trajet de trente kilomètres. La vieille 4L de mon grand-père n'avançait pas, peinait dans les côtes, et il pleuvait tellement qu'on distinguait à peine les panneaux sur la route. Par deux fois, il nous fallut rebrousser chemin parce que nous avions manqué une bifurcation.

Puis, à la sortie d'un petit village perdu, mon grand-père m'indiqua soudain une vieille barrière en bois qui tenait à peine debout.

— C'est là !

J'attrapai un journal sur la banquette arrière pour m'en faire un parapluie, sortis de la voiture et partis en courant ouvrir la barrière. C'est tout juste si elle ne s'écroula pas dans la manœuvre.

De retour derrière le volant, trempé jusqu'aux os, j'adressai un regard à mon grand-père. Il y avait quelque chose de bouleversant à me retrouver là avec lui, devant une maison où mes parents avaient vécu avant ma naissance.

— C'est l'heure de vérité, dis-je, un peu bêtement.

— *Alea jacta est !*

J'avalai ma salive, un peu stressé, puis je lançai la voiture sur le petit chemin boueux. Les pneus dérapaient au moindre écart et j'étais obligé de garder les deux mains solidement arrimées au volant vétuste pour garder le cap.

Petit à petit, la maison apparut par-delà le rideau de pluie. C'était une petite bicoque en vieilles pierres, de plain-pied, qui s'était partiellement effondrée ici et là, et dont le toit avait mal résisté aux tempêtes successives que la France avait connues au cours des dernières années.

— Bon sang, maugréa mon grand-père. Je ne suis pas venu ici depuis si longtemps ! Je ne pensais pas qu'elle était en si mauvais état.

Il y avait dans ses yeux une tristesse manifeste. Cette maison avait abrité pendant quelques années le fils qu'il avait perdu. Elle avait certainement pour lui une valeur sentimentale. Et s'il n'y était pas revenu depuis des années, c'était peut-être justement parce qu'il avait eu peur qu'elle évoque trop vivement le souvenir de son fils.

— Allez, viens, dis-je. Cherchons le bureau de maman.

Nous sortîmes de la voiture au moment où une légère accalmie semblait s'annoncer.

Je remarquai alors que les hautes herbes qui entouraient la maison étaient couchées et formaient presque une allée jusqu'à la porte d'entrée. Laquelle était entrouverte.

Quelqu'un était passé par là. Des squatteurs peut-être. Nous n'aurions su leur en tenir rigueur, après des décennies d'abandon… Nous redoublâmes toutefois de prudence en faisant grincer la vieille porte, restant tous deux sur le qui-vive. Mais de pièce en pièce, il fallut bien nous rendre à l'évidence : personne n'avait vécu ici depuis au moins un quart de siècle. En revanche, tout était sens dessus dessous et on voyait des traces récentes dans la poussière, là où les meubles avaient été déplacés, suggérant un cambriolage, voire une fouille minutieuse, vieille de quelques jours à peine.

— Quelqu'un est venu ici avant nous, murmurai-je en promenant le faisceau de la lampe torche sur les murs.

— Onyx, sans doute.

— Sans doute. On a toujours un temps de retard, on dirait. Tu crois qu'il a trouvé ce que papa a caché ici pour nous ?

— Je n'en sais rien. S'il n'a pas lu la lettre de ton père, il ne devait pas savoir où chercher.

— Justement... Il était où, le bureau de maman ?

Mon grand-père désigna une porte derrière moi. Je passai le premier et entrai dans la pièce voisine. Les murs, couverts d'un papier peint démodé, n'avaient pas de fenêtres. Le sol, un parquet auquel il manquait plusieurs lattes, était jonché de débris. Il y avait là, pêle-mêle, trois chaises, une armoire brinquebalante, des étagères écroulées d'où étaient tombés de nombreux livres anciens, et un bureau. Celui de ma mère, certainement.

Je me précipitai à côté du meuble, tirai de toutes mes forces pour le dégager du mur et regardai sur sa face arrière.

— Éclaire-moi ! dis-je à mon grand-père en lui tendant la lampe alors qu'il venait d'entrer dans la pièce.

Mais je ne vis rien. Aucun mot écrit, aucun objet caché. D'un geste rageur, j'arrachai le fond du bureau en contre-plaqué. Mais il n'y avait rien non plus à l'intérieur.

— Et merde ! On s'est fait doubler !

— Tu es sûr ?

— Il n'y a absolument rien derrière le bureau de maman !

Je vis alors mon grand-père faire une moue dubitative. Il fit deux pas en arrière et éclaira le mur dans mon dos en grommelant quelque chose d'incompréhensible.

— Qu'est-ce qu'il y a ?

— Ça alors…

— Quoi ? insistai-je.

— Dans mon souvenir, cette pièce était plus grande que ça. Je me demande si…

— Si quoi ?

Plutôt que de répondre, il passa à côté de moi et s'approcha du mur contre lequel était placé le bureau de ma mère. Il cogna contre la paroi, puis il se tourna vers moi avec un sourire lumineux.

— Ça sonne creux. C'est comme un double-fond. Ton père a monté un faux mur pour cacher quelque chose derrière !

Sans la moindre hésitation je ramassai le pied cassé d'une chaise à côté de moi, fis signe à mon grand-père de reculer et porta un coup violent dans la cloison, laquelle se perça aussitôt dans un grand nuage de poussière blanche. En deux ou trois coups, je fis un trou suffisamment large pour pouvoir y passer la tête.

Mon grand-père approcha la torche et je jetai un coup d'œil de l'autre côté. Je ne distinguai rien de précis. Entre l'obscurité, les toiles d'araignées et les décombres tombés derrière la cloison, impossible de voir quoi que ce fût. Avec une grimace de dégoût, je plongeai la main à l'intérieur et, le bras tendu, sondai l'espace entre la fine paroi et le véritable mur. Plusieurs fois, je sentis le contact désagréable d'un insecte – ou de ce qui parut être un insecte – et je retirai précipitamment ma main. Mais je ne pouvais pas renoncer.

Soudain, mes doigts heurtèrent quelque chose. Un bout de bois, me sembla-t-il. Impossible de le saisir comme ça. Les battements de mon cœur s'accélérèrent. Je me reculai, pris à nouveau le pied de chaise et agrandis l'excavation de manière à pouvoir passer les deux bras de l'autre côté.

Après plusieurs tentatives, je parvins enfin à sortir ce qui se révéla être un coffre en bois. Les yeux écarquillés, je le posai sur le petit bureau et l'ouvris aux côtés de mon grand-père, aussi impatient que moi.

Lorsque j'ôtai le couvercle, mon grand-père eut un brusque mouvement de recul.

— C'est impossible ! s'exclama-t-il, visiblement ébranlé.

— Quoi ?

— C'est… c'est le carnet !

À l'intérieur, en effet, un vieux carnet en cuir était apparu sous la lumière de la lampe de poche.

— Je… je ne comprends pas, balbutia mon grand-père. Il ne peut pas disparaître de chez moi et réapparaître ici par miracle. Ça n'a aucun sens !

— Tu es sûr que c'est le même ?

Il récupéra le carnet dans le petit coffre et le feuilleta rapidement. J'en profitai pour regarder par-dessus son épaule le contenu insolite de cette vingtaine de pages qui défilaient sous mes yeux. Cela ne ressemblait à rien de ce que j'avais vu jusqu'alors. Une sorte de collage alambiqué, un mélange de dessins, de schémas, de chiffres, de symboles mystérieux, une espèce de codex moderne qui évoquait l'œuvre d'un illuminé.

— Écoute… Si ce n'est pas le même, c'est une réplique rigoureusement identique. Même nombre de pages, même contenu, même reliure… Pourtant, il est couvert de poussière, et on voit bien que cette boîte est restée enfermée là depuis des années. Ça ne peut pas être le mien. Ce doit être une copie.

Au moment où il avait pris le carnet, mon grand-père avait révélé la présence, au fond du coffre, d'une nouvelle enveloppe. À nouveau, elle portait l'écriture de mon père. Mais cette fois, il avait écrit dessus : « Sam et Charles Dalmas. » Elle nous était adressée à tous les deux.

Après tout, rien d'étonnant à cela. Si nous avions trouvé ce coffre, c'était grâce à la première lettre de mon père, dans laquelle il incitait mon grand-père à faire appel à moi. Une chose était sûre, c'était bien l'intention de mon père que de nous voir réunis tous les deux.

J'ouvris l'enveloppe et lus le contenu à haute voix.

Papa, Sam,

Du moins j'espère que c'est bien vous qui ouvrez cette lettre. Encore que, si vous le faites, cela signifie sans doute que tu as perdu le carnet que je t'avais envoyé, papa. Et c'est une catastrophe.
J'en suis conscient, je vous dois des explications. Je vais tâcher d'être concis et d'aller à l'essentiel. Mais avant tout, je voudrais vous dire à tous les deux que je suis profondément désolé que vous vous retrouviez embarqués dans cette histoire. J'aurais aimé que les choses se passent autrement. Malheureusement, je n'ai pas le choix.
D'abord, sachez que le carnet que vous avez sous les yeux est un double, parfaitement identique à celui qui, je le suppose, vient à disparaître. Par précaution, j'ai caché ici cette copie conforme, car vous allez en avoir besoin.
En 1993, tu t'en souviens sûrement, Sam, j'ai trouvé un crâne en or dans la vallée de l'Aouache. Je ne peux vous dire ce que représente cet objet, mais sachez qu'il est extrêmement précieux, et que vous devez tout prix remettre la main dessus.
En 1995, je suis venu en France avec ce crâne, car celui-ci devait absolument être mis à l'abri. Pour des raisons qui me sont propres, je ne voulais pas savoir où il allait être caché, et j'ai préféré que quelqu'un le fasse à ma place.
Je l'ai donc confié à une amie en qui j'ai toute confiance, en lui demandant de me laisser toutefois un moyen de le retrouver. Ce moyen, c'est le carnet. Lui seul, à condition de résoudre les énigmes qu'a confectionnées cette amie, permet de remonter jusqu'au crâne. Et c'est ce que vous devez faire à présent. Tout de suite.
Au plus vite.
Une seule chose compte : vous devez retrouver le crâne avant Onyx.
Je compte sur vous,

Votre fils et père qui vous aime tendrement

F. Dalmas

Les souvenirs me revinrent comme des flashs à mesure que j'avançais dans ma lecture. Je revis, enfouie dans ma mémoire, cette scène où mon père avait mis au jour devant Yared et moi l'étrange crâne en or massif, et je me souvins de la promesse qu'il me fit faire de ne jamais en parler. Parbleu, j'avais si bien tenu parole que j'avais moi-même oublié toute l'histoire ! Et là, debout dans cette vieille maison abandonnée, hypnotisé par le bruit incessant de la pluie qui cognait contre les tuiles au-dessus de nos têtes, j'eus l'impression de vivre une réminiscence soudaine au milieu d'une séance de psychanalyse. Comment avais-je pu occulter si efficacement ce souvenir ? Il me semblait si limpide, si clair à présent !

Je racontai à mon grand-père ce dont je me souvenais, et, petit à petit, les choses nous parurent bien moins embrouillées. Nous reconstituâmes toute l'histoire depuis la découverte du crâne en 1993 jusqu'à la mort de mes parents, dix ans plus tard.

Puis nous restâmes un long moment silencieux, perdus l'un et l'autre dans nos pensées, hésitant entre la consternation, l'excitation et le désarroi.

— Qu'est-ce qu'on fait, maintenant ? demandai-je finalement, quelque peu désemparé.

Mon grand-père hésita. Il avait toujours le carnet entre les mains. Il jeta un coup d'œil aux messages inintelligibles qu'il contenait. Puis il haussa les épaules.

— Eh bien, on n'a pas vraiment le choix, on fait ce que ton père attendait de nous : on essaie de résoudre ces énigmes pour retrouver le crâne avant Onyx.

Durant les jours qui suivirent, mon grand-père et moi nous enfermâmes dans sa maison et plus rien ne compta pour nous que les douze énigmes du carnet.

Nous trouvâmes une ou deux pistes, mais rien de très concret. En vérité, je pense que nous étions encore sous le choc et que nous n'étions pas tout à fait en mesure de mobiliser toute la concentration nécessaire.

Malgré tout, de nombreuses questions restaient sans réponses. Il en était une, en particulier, qui me taraudait depuis le jour où nous avions découvert le site Internet. Qui, pendant toutes ces années, avait administré ce site ? Qui avait renouvelé l'achat du nom de domaine, par exemple ? En essayant de remonter la piste par le biais de l'hébergeur, j'étais tombé sur un pseudonyme, V. Aouache, et une fausse adresse électronique. La référence à la vallée de l'Aouache était évidente. Mais qui se cachait derrière ce pseudonyme ? Mon père ?

Impossible. Il était mort en 2003, et l'achat du nom de domaine avait été renouvelé plusieurs fois depuis lors. Mais alors qui ?

Au fond, il n'y avait que deux possibilités.

Soit il s'agissait de l'énigmatique amie de mon père, celle qui avait caché le crâne pour lui et réalisé le carnet. C'était tout à fait possible, et même fort probable. Cette femme – mais qui était-elle et pourquoi ne nous aidait-elle pas à présent que mon père était mort ? – était au courant de toute l'affaire, et mon père avait très bien pu lui demander de s'occuper du site.

Soit il s'agissait de Yared. Après tout, mon ancien précepteur avait assisté à la découverte du crâne avant de nous quitter soudainement. Peut-être était-il complice de mon père.

Quoi qu'il en fût, je ne voyais aucun moyen de trouver les réponses à toutes ces questions, et le temps passait à une vitesse folle. Les jours se succédaient, et nous n'avions toujours pas avancé dans la résolution des énigmes. La phrase de mon père résonnait dans ma tête, aussi pesante qu'une épée de Damoclès : « Une seule chose compte : vous devez retrouver le crâne avant Onyx. »

Certain que nous avions du retard par rapport à notre adversaire, il me vint alors une idée farfelue. Je décidai d'en parler à mon grand-père.

– Il faut tout mettre sur Internet. C'est le seul moyen.

Aduwa
Dashan
15158
Ethiopian
Dessye
ETHIOPIA
Birhan
13629
Ankober
Addis Ababa
Highlands

— Pardon ?

— Nous n'y arriverons jamais tout seul. L'union fait la force. Nous devons demander l'aide des milliers et milliers de personnes qui sont sur Internet.

— Mais… c'est un peu risqué, non ?

— Oui. Sans doute. Mais c'est peut-être notre seule chance de trouver le crâne avant Onyx. Je crois que cela vaut le coup. Tenter le tout pour le tout. Pour l'instant, on tourne en rond.

Il grimaça. Il ne semblait pas convaincu. Il fallait bien reconnaître que l'idée était un peu saugrenue. Et l'aversion de mon grand-père pour les technologies modernes ne devait pas beaucoup aider.

— Rendre la chose publique, ce n'est pas une mauvaise idée en soi. En tout cas, c'est audacieux. Mais je ne sais pas si Internet est la meilleure solution.

Je souris. Je ne m'étais pas trompé.

— Comment veux-tu faire pour réunir le plus de gens possible ?

— Eh bien… Tu sais que j'ai accumulé au cours des années une fortune assez importante. Une partie doit te revenir. Une autre était destinée à ton père. À présent qu'il n'est plus de ce monde, je pourrais très bien offrir cette somme rondelette – 150 000 euros tout de même ! – à celui qui empêchera Onyx de mettre la main sur le crâne.

— Tu es sûr ?
— Oui !
— Et comment procéder ?
— Ton père a fait faire un carnet par cette mystérieuse amie. Il y a sûrement une raison à cela... Comme moi, il était un homme de livres. Peut-être devrions-nous respecter son choix.
— C'est-à-dire ?
— Nous pourrions contacter un éditeur et lui proposer de reproduire le carnet de ton père.

Aussitôt, je trouvai l'idée lumineuse. La suite, vous la connaissez : vous tenez ce livre entre les mains.

Mais si vous le voulez bien, accordez-moi encore un peu de votre attention. Car mon histoire n'est pas tout à fait terminée.

À vrai dire, mon grand-père et moi étions loin d'être au bout de nos surprises. Et quelques jours à peine avant que ce livre ne parte à l'impression, nous en eûmes la plus éclatante des démonstrations.

❁

Il était minuit passé. Mon grand-père dormait déjà depuis au moins une heure et j'étais seul au rez-de-chaussée. La tête plongée entre les mains, assis à la table de la salle à manger, je relisais une dernière fois les épreuves du carnet avant qu'il ne parte chez l'imprimeur quand, soudain, mon ordinateur portable émit une petite sonnerie pour m'avertir de l'arrivée d'un courrier électronique. Je levai distraitement les yeux vers l'écran et découvris, stupéfait, le nom de l'expéditeur : V. Aouache. Je ne savais toujours pas qui se cachait derrière – Yared ou l'amie de mon père –, mais je reconnus sans peine le pseudonyme.

Je m'empressai d'ouvrir le message.

Son contenu était plus intriguant encore que le nom de son auteur.

Identité principale

De : « V.Aouache » <[redacted]>
À : [redacted]
Envoyé : 21 décembre 2008
Objet : Il faut que tu le sois

Ô, princesse trapue, ombre des nuits d'Afrique
Toi qui sais te nourrir du vivant et du mort
Tes cris sont comme un rire que l'on entend encore
Loin de ton continent, l'âme mélancolique.

Je nous revois là-bas, consommant cette plante,
Nous en prenions toujours avec cérémonie,
Savourant ses arômes comme le faisait Puyi,
Bénissant, éreintés, ses vertus stimulantes.

Lors, nous sortions dehors pour trouver dans le soir
Le cadeau du dieu qui, comme le dit l'Enéide,
Offrit l'outre à Ulysse. Et lui qui, dans le vide,
Refuse d'apparaître, enfin venait nous voir.

Les histoires qu'alors, les conteurs nous offraient
Étaient pleines de vous, de vos fils, de vos gardes
Pleines de vos fusées. Que vous soyez bâtardes
Ou que vous soyez fines, inspirez le respect.

Il n'était plus belle heure pour trouver celle-là :
Fût-elle solution, fût-elle innovation,
Quête du philosophe, pour peu que nous cherchions,
Elle nous venait alors et ouvrait nos débats.

La beauté de l'Afrique, enfin, pourrait se dire
D'un seul et beau pronom qui ailleurs nous fait peur
Il est ces étrangers qu'on juge à leur couleur
Plutôt qu'à leur beauté, qui peut nous enrichir.

Un poème. Et c'était tout...

Je n'en crus pas mes yeux. Que pouvait bien encore signifier ces galimatias inintelligibles ? Que voulait me dire mon mystérieux interlocuteur ?

Avant de tenter de comprendre, toutefois, je m'empressai de répondre. Car si je n'avais pas son véritable nom, j'avais enfin une adresse. Sans réfléchir, j'envoyai un message très court : « Qui êtes-vous ? »

Malheureusement, je reçus quelques secondes après un message d'erreur. L'adresse n'existait déjà plus. La personne qui m'avait envoyé cet email avait détruit son compte aussitôt après. Je pestai, furieux à l'idée de perdre une piste.

Restaient le poème et l'objet du courrier : « Il faut que tu le sois. » Je secouai la tête et relus à nouveau le corps du message. Aucun doute, il s'agissait d'une nouvelle énigme. Six strophes en alexandrins. 6 x 12. Était-ce un indice ? Pas sûr. Mais que devais-je chercher ?

J'hésitai à réveiller mon grand-père. Il était déjà tard. Toutefois, je ne pouvais me résoudre à aller me coucher. Je voulais comprendre, ou du moins essayer.

Imaginant qu'il était peut-être l'auteur de ces lignes, je me souvins alors des enseignements de Yared. Lui qui m'avait appris à interpréter les plus grands poètes, lui qui m'avait enseigné l'art et la liberté de chercher le sens profond des textes que nous découvrions ensemble, sans doute aurait-il souhaité, aujourd'hui, que je me penche d'un peu plus près sur ces vers hermétiques. C'est ce que je fis.

Je lus et relus le poème, et petit à petit, la logique de sa structure m'apparut. Bien que toutes soient liées entre elles, chaque strophe évoquait un concept différent. Et je fus bientôt certain qu'il fallait que je mette un nom derrière chacun de ces concepts.

Je me concentrai sur la première strophe : « Toi qui sais te nourrir du vivant et du mort, tes cris sont comme un rire... » Se nourrir du mort ? Comme un charognard ? Je fronçai les sourcils. Un charognard sur les terres d'Afrique dont le cri est comme un rire ? Mais bien sûr ! C'était évident ! La première strophe décrivait une hyène. Je la relus pour vérifier. Cette solution collait parfaitement.

Pour la deuxième, ce fut plus rapide encore. Une plante comestible et stimulante qui fait l'objet d'une cérémonie et qui était appréciée de Puyi, lequel était – je l'avais vérifié – le dernier empereur chinois... Il ne pouvait s'agir que du thé.

Et ainsi de suite... En un peu moins d'une heure, peinant ici et là sur quelques difficultés, je recopiai les uns au-dessous des autres les six mots que j'avais trouvés :

HYÈNE
THÉ
AIR
ÉPÉE
IDÉE
EUX

Je les observai avec circonspection. Je ne voyais pas de lien sémantique entre eux. Fallait-il reconstituer une phrase ? Mais alors, dans quel ordre les mettre ? Je pris la feuille que j'avais griffonnée et me mis à tourner en rond, pensif.

C'est en répétant plusieurs fois les six mots à haute voix que la solution m'apparut enfin. C'était une question de phonétique. Quand on les prononçait, les mots révélaient des lettres : « hyène » pour I et N ; « thé » pour T ; « air » pour R ; « épée » pour É et P ; « idée » pour I et D ; « eux » pour E. Et ces lettres formaient alors un nouveau mot : I-N-T-R-É-P-I-D-E.

Aucun doute. La solution de cet étrange rébus littéraire était bien le mot « intrépide ». Et d'ailleurs, l'objet du courrier électronique tendait à confirmer que je ne m'étais pas trompé. « Il faut que tu le sois. » Intrépide. Oui. Cela avait du sens.

D'accord, mais à quoi cela rimait-il ? Qu'étais-je sensé faire de ce mot ?

À vrai dire, il n'y avait pas mille possibilités. Il n'y avait au fond qu'une seule chose que je puisse faire de ce mot, puisqu'il m'avait été envoyé par la personne qui avait enregistré le nom de domaine du site : m'en servir comme nouveau mot de passe sur www.samdalmas.com.

C'est ce que je fis aussitôt.

Et je découvris alors que j'avais vu juste.

À nouveau, une vidéo démarra. Et à nouveau, c'était mon père qui parlait, face à la caméra. Mais une chose m'interpella aussitôt. Il n'avait pas la même tête que sur la première vidéo. Non. Il avait quelques années de plus.

Le cœur battant, la gorge nouée, j'écoutai son message. Quand je compris la vérité, l'impossible vérité, je crus que j'allais perdre connaissance.

Aujourd'hui encore, je ne suis pas sûr de réaliser. D'accepter. Pourtant, j'ai visionné cette vidéo des centaines de fois.

Et il n'y a pas de doute.

« Assieds-toi Sam. Assieds-toi et prépare-toi à un choc.

Ce que j'ai à te dire va peut-être te mettre très en colère. Et ce sera une colère légitime, j'en suis tout à fait conscient. Mais avant tout, avant de t'expliquer, il faut que tu saches que le temps nous est compté et que tout ce que j'ai fait, je l'ai fait pour te protéger. Je n'avais pas d'autre choix.

Sam, à l'heure où tu découvres cette vidéo, je suis vivant. Bien vivant.

Contrairement à ce que tu crois, je n'ai pas péri dans l'incendie de notre maison en Éthiopie. Je sais que ce doit être difficile à croire et, surtout, impossible à comprendre, mais c'est la pure vérité. Depuis tout ce temps, je vis reclu quelque part et je ne peux sortir de ma cachette.

Tu dois m'en vouloir, j'en suis sûr. Tu dois penser que j'ai été terriblement égoïste de t'abandonner ainsi pendant tout ce temps, de te laisser croire que tu étais orphelin alors que tu ne l'étais pas. Je comprends. Mais je te le jure, Sam, je n'avais pas le choix. Des menaces de plus en plus précises pesaient sur notre famille. J'ai donc dû user d'une stratégie radicale. J'espère que tu me pardonneras. J'espère que tu comprendras et que tu trouveras la force de me pardonner.

Malheureusement, je ne peux pas encore tout t'expliquer.

Tout ce que je peux te dire, c'est qu'Onyx a beaucoup d'avance sur toi et ton grand-père. Et que vous devez rattraper le temps perdu. Car il est impératif que vous trouviez le crâne avant lui.

J'aimerais pouvoir t'aider, mais je n'ai pas la moindre idée de l'endroit où il a été caché, et de là où je suis, je ne peux rien faire. Il n'y a pas d'autre solution : tu dois résoudre les énigmes du carnet.

Je suis au courant de la décision que vous avez prise, avec grand-père, de solliciter l'aide du public en offrant une récompense. C'est risqué. Très risqué. Mais j'ai bien réfléchi, et je crois que vous avez raison. De toute façon, la course contre la montre a commencé, et tous les moyens sont bons pour trouver le crâne avant Onyx. Alors, bon courage, mon fils.

Et pardonne-moi.

Bon courage, et faites vite !

Je reprendrai contact bientôt. »

À suivre...

Voici une reproduction à l'identique du carnet découvert par Sam Dalmas et son grand-père. Résolvez les douze énigmes qu'il contient et vous pourrez déterminer avec précision l'endroit où le crâne d'or est caché et gagner 150 000 € !

Dalmas

TITRE : 1. Un long périple

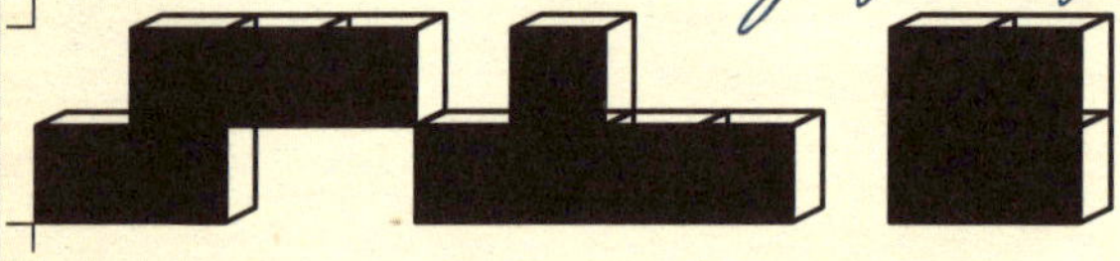

Notes :

L	C	C	R	6	R	I	E
E	E	L	S	S	P	9	E
E	E	E	1	U	E	D	U
S	L	U	E	M	9	V	R
D	L	1	S	T	E	A	S
L	O	C	P	5	O	T	D
A	U	A	D	T	E	R	N
R	E	R	C	A	U	R	N

Le chemin que tu dois emprunter se situe dans un bras entre deux terres

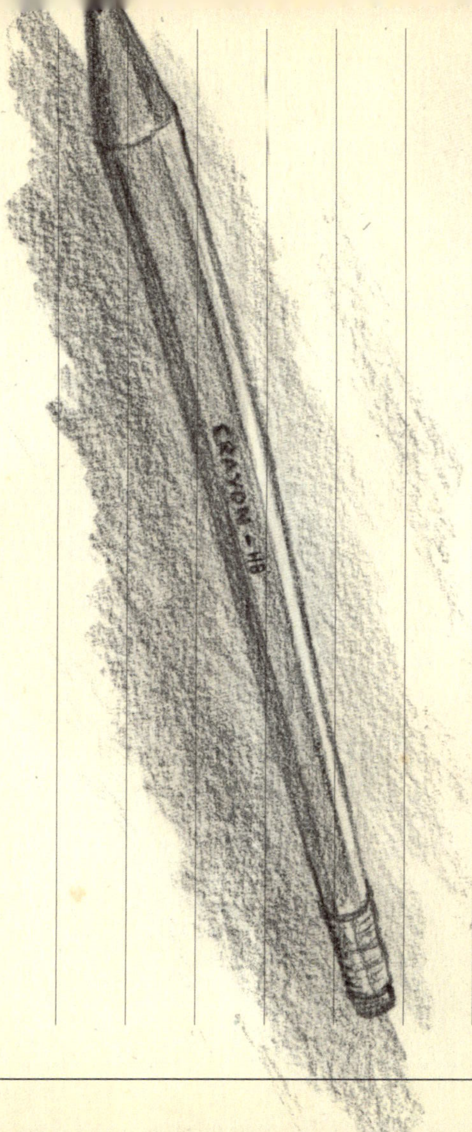

B5	G5	E7	C1	A8	E6	A1	G6	G4
B1	F8	D5	D3	E5	E4	A2	H3	D3	A2
H8	F8	D7	F6	F5	F4	A6	F2	F7
F1	D3	F2	E1	F5	E3	B6	G4	D3
C6	F1	A2	G7	D6	B7	G3	E7	A3	G4

TITRE : 2. *Le labyrinthe*

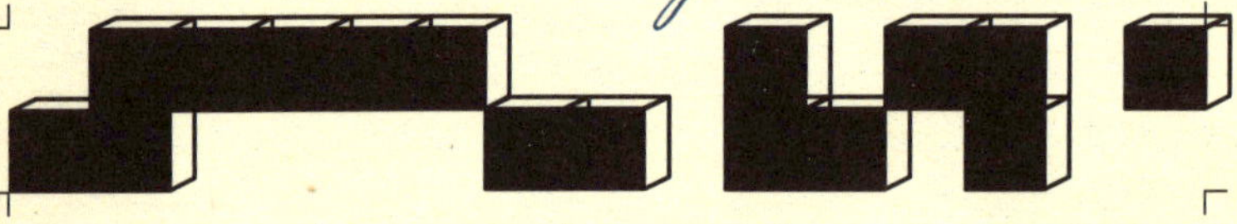

Notes :

2 44 2-2 19 4-1 6 2-2 29 3-1 18 6-2 26 5-1 45 3-1 30 5
2 34 6-1 34 4-2 6 3-1 15 1-1 36 4-1 37 1-1 64 1-2 36 1
1 17 2-1 33 1-1 21 6-1 37 5-2 21 2-1 44 1-1 66 3-1 32 2
3 41 7-1 63 3-1 33 1-3 41 8-4 26 1-2 32 1-1 59 3-2 47 2
4 56 7-1 7 2-1 29 2-1 26 1-2 62 1-1 47 2-2 49 4-1 66 5
4 26 3-4 11 2-2 62 5-2 47 4-1 52 3-2 14 5-2 6 1-2 11 2
1 18 5-1 33 3-2 51 2

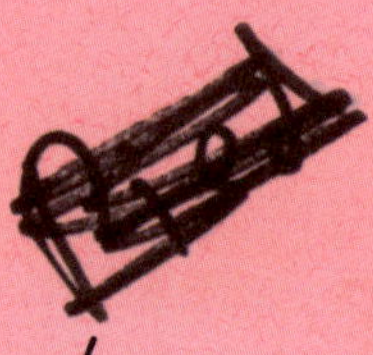

C'est grâce à moi
que tout débute

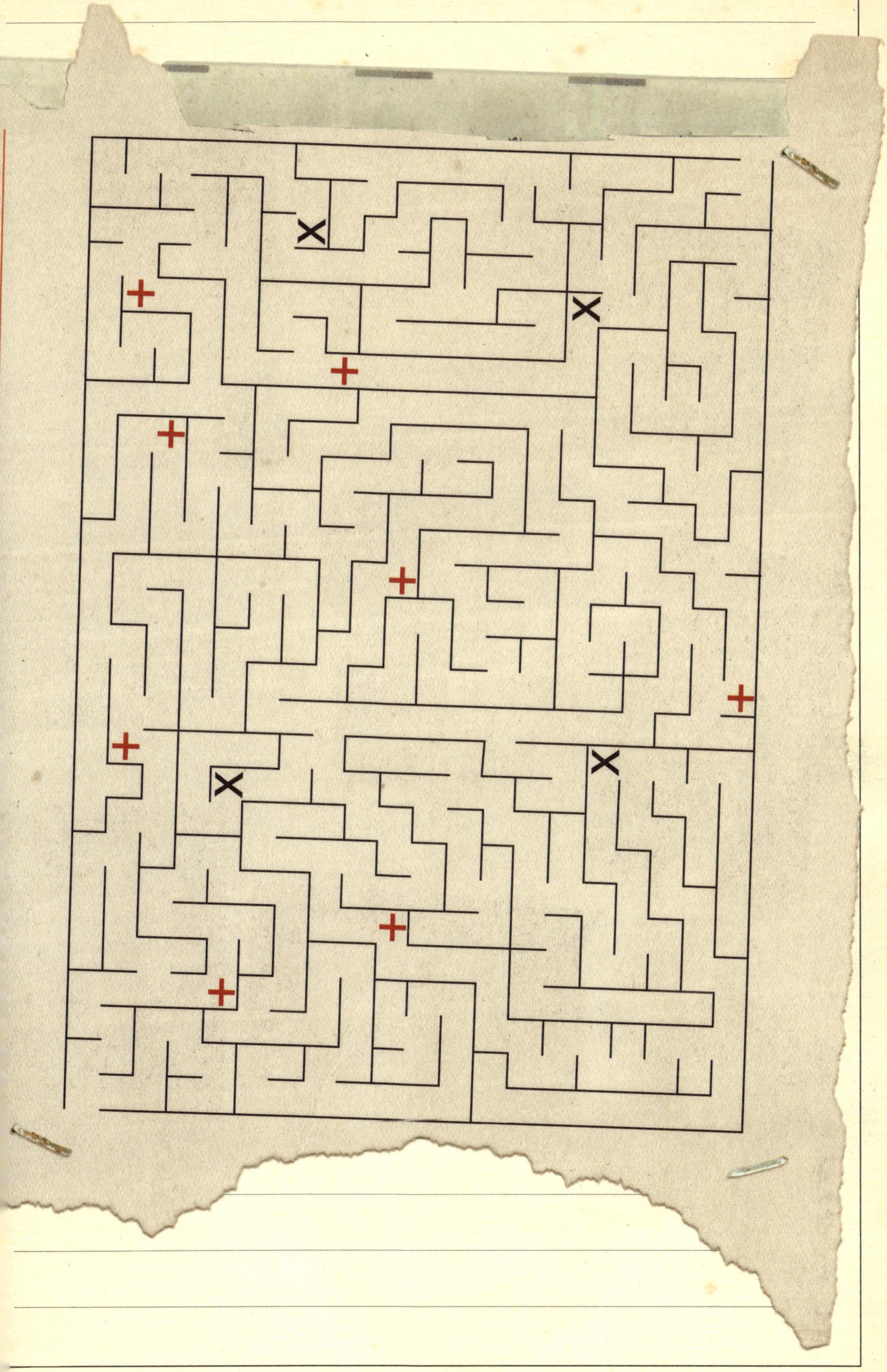

TITRE : 3 . *Puzzle*

Notes :

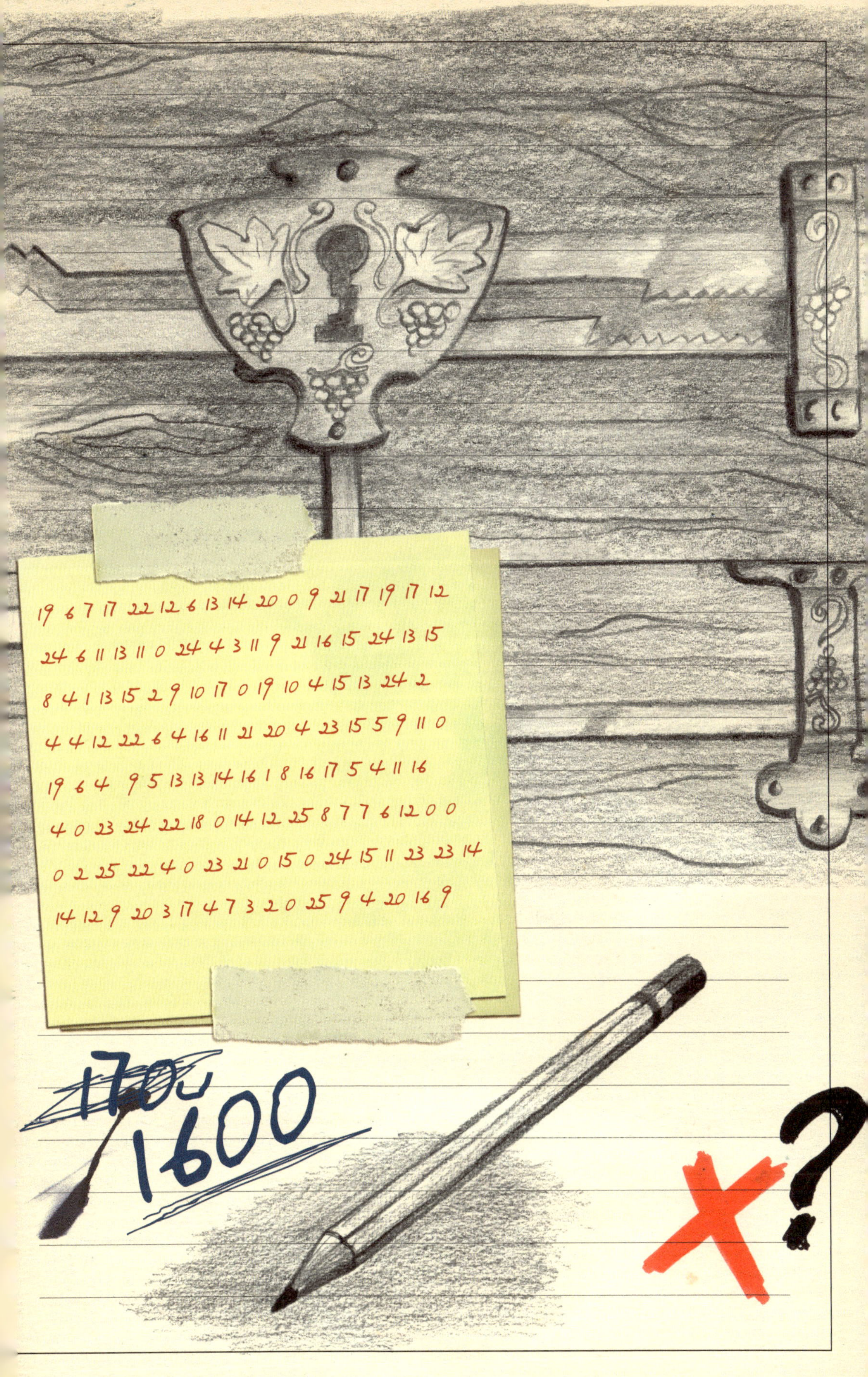
19 6 7 17 22 12 6 13 14 20 0 9 21 17 19 17 12
24 6 11 13 11 0 24 4 3 11 9 21 16 15 24 13 15
8 4 1 13 15 2 9 10 17 0 19 10 4 15 13 24 2
4 4 12 22 6 4 16 11 21 20 4 23 15 5 9 11 0
19 6 4 9 5 13 13 14 16 1 8 16 17 5 4 11 16
4 0 23 24 22 18 0 14 12 25 8 7 7 6 12 0 0
0 2 25 22 4 0 23 21 0 15 0 24 15 11 23 23 14
14 12 9 20 3 17 4 7 3 2 0 25 9 4 20 16 9
1700
1600
X ?

TITRE : *4. Les vitraux*

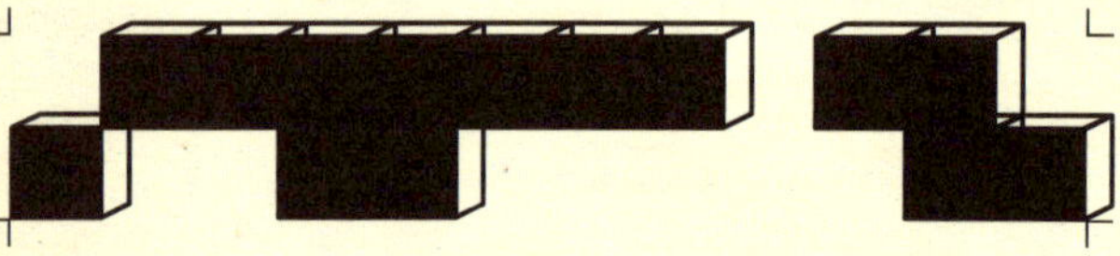

Notes :

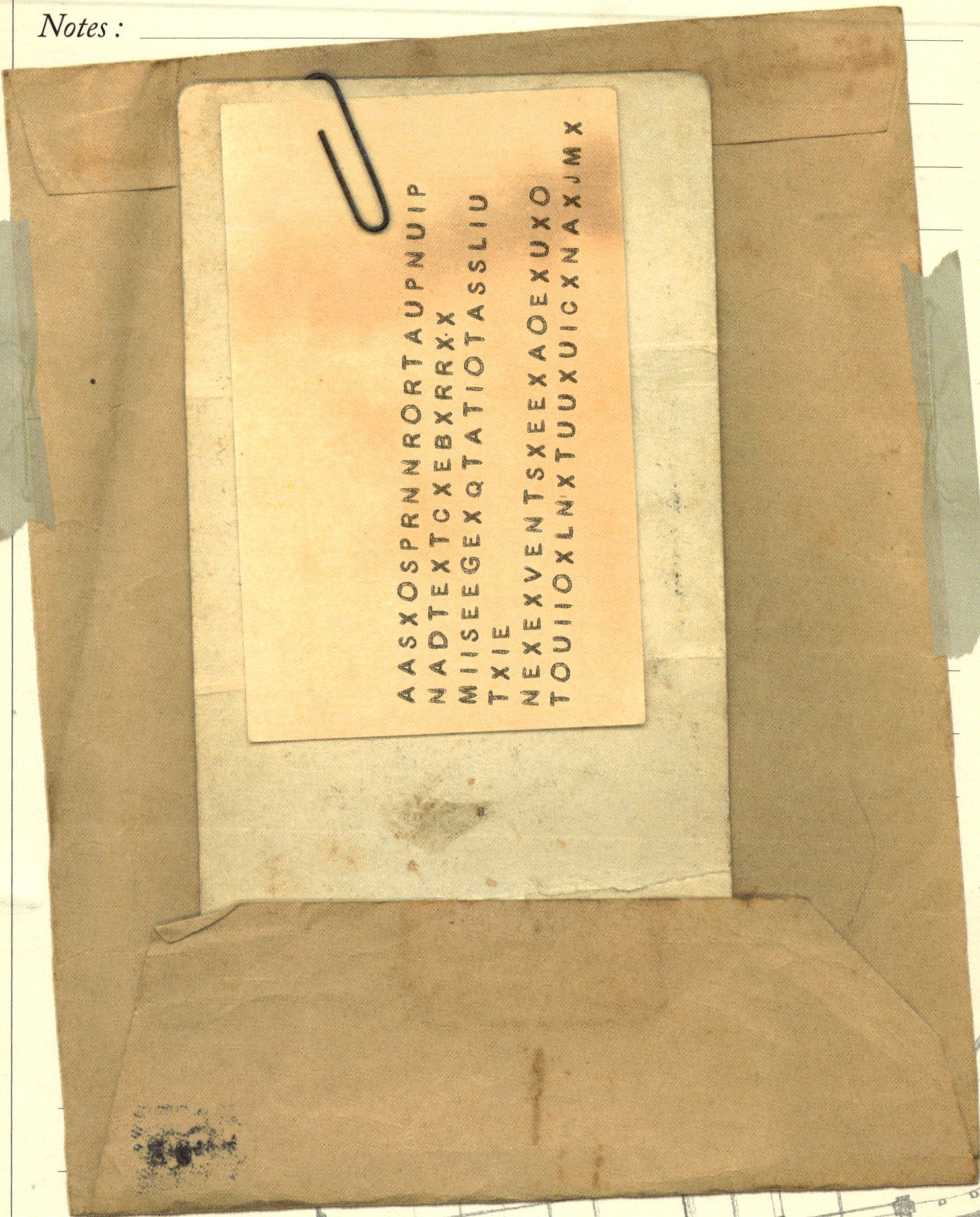

2 X 36

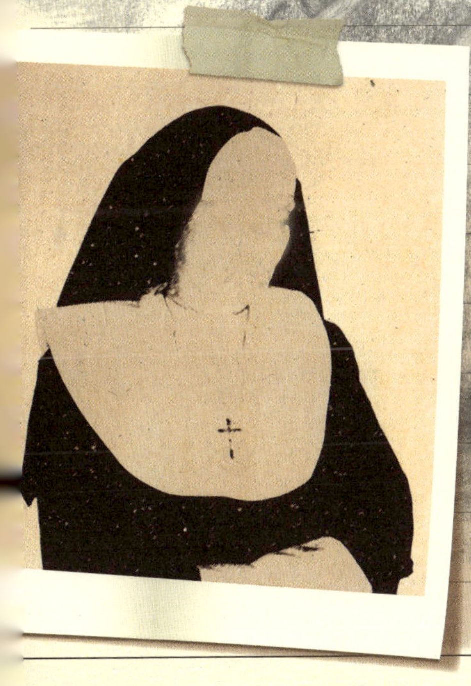

TITRE : 5. Le casse-tête

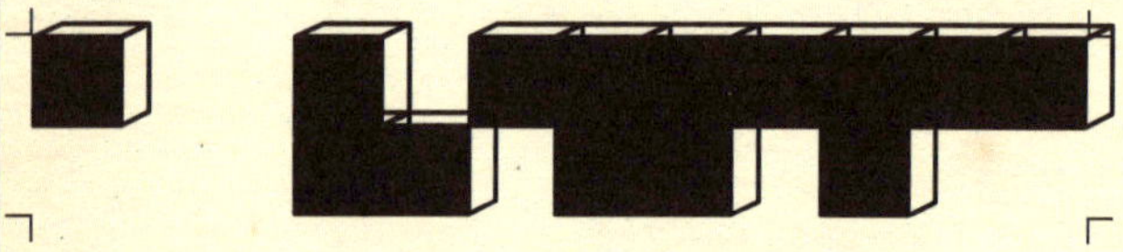

Notes :

AFFAIRE DE LOGIQUE

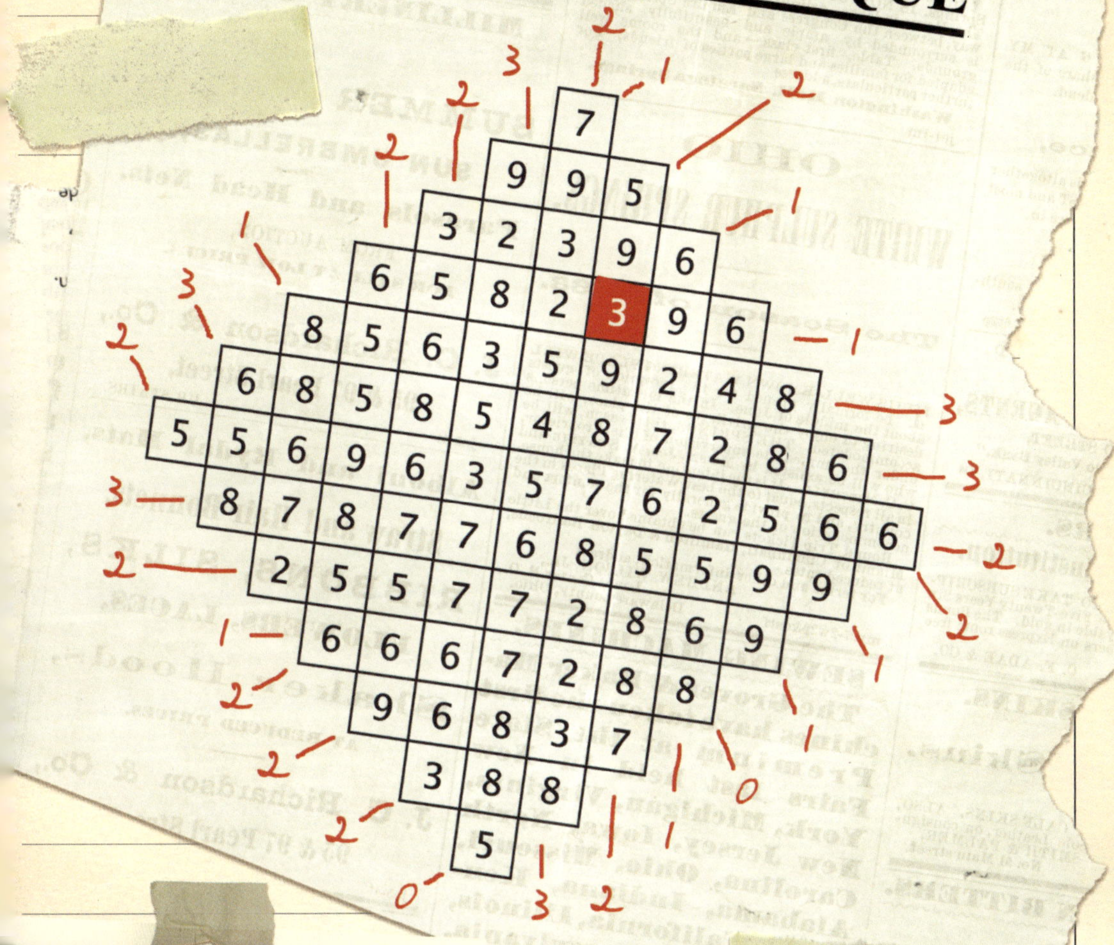

TITRE : *6. La grille*

Notes :

4						7		6
		7	4					
				7	8		3	
8	2				3	9		1
3		6	8				4	2
	8		7	5				
					9	1		
2		5						8

SI TU VEUX
RESOUDRE
CETTE ÉNIGME,
VOICI UN INDICE :

CHERCHE LA
4 14 8 16 17 16 12 4 12

en tehuis voor ongeluk... de vrouwen.

zal daarvoor aan de H.IJ.S.M. ... zullen, welk bedrag op de begrooting voor 1921 zal worden uitgetrokken.

A	S	U	D	E	N	O	R	N	I	D	A	N	S	2	E	T	5	I	O
7	5	A	A	N	U	R	U	T	I	L	E	E	O	R	D	R	S	T	U
E	O	O	T	7	C	I	T	A	M	A	R	C	E	L	T	I	Q	U	E
L	E	C	A	R	R	E	9	S	E	T	10	A	S	U	R	6	L	E	S
R	E	E	E	O	R	N	O	M	B	R	E	R	I	M	A	P	A	R	T
M	S	A	2	I	E	T	D	E	P	A	R	T	M	I	A	R	C	H	E
L	T	V	I	T	E	D	I	T	C	I	H	E	D	E	B	E	L	L	E
T	E	E	0	G	O	E	T	U	U	T	O	N	T	R	E	S	O	R	6
A	B	L	A	E	E	D	U	B	C	L	E	8	L	E	R	O	C	V	A
L	E	P	S	E	E	I	C	I	U	T	E	A	U	S	E	L	H	E	R
T	R	L	I	A	S	V	O	L	L	A	E	U	S	9	L	V	E	R	T
4	E	R	M	9	E	I	S	N	S	N	E	T	C	A	S	E	I	I	S
A	T	C	U	I	S	S	E	5	U	U	S	M	A	E	8	R	N	T	4
U	P	R	U	E	U	E	N	R	I	E	O	9	I	S	D	I	T	E	N
C	A	C	I	U	D	M	A	I	E	L	L	L	R	O	U	T	D	M	A
A	S	H	A	Q	O	A	7	C	A	P	U	N	E	Q	N	E	J	A	C
S	S	E	V	U	S	M	O	I	A	L	C	I	S	C	E	N	E	E	L
2	U	L	E	I	N	T	E	E	P	L	A	I	S	I	R	D	U	L	E
T	R	R	0	E	E	E	D	S	D	M	U	S	I	Q	U	E	A	U	V
E	U	O	I	T	V	P	A	3	E	E	S	I	E	U	N	P	O	A	I
T	N	A	S	N	L	R	S	L	C	I	S	T	P	A	E	L	A	N	E
E	I	P	U	S	A	A	E	T	R	E	E	U	I	R	S	U	3	2	R
L	L	U	T	E	U	E	S	5	Y	T	V	E	N	T	E	S	T	3	G
N	E	S	R	A	E	O	T	N	O	R	D	E	A	Z	U	R	I	M	E
1	M	R	9	A	I	L	I	T	T	O	R	A	L	I	15	N	E	S	T
2	O	T	I	C	I	S	T	O	U	T	E	L	E	P	H	O	N	E	E

...ieele commissie benoemd mevrouw Wittert van ... gland en de heer Van Hoorn.

...tige zorg voor de behoeftigen ... wij beginnen het massale ... individueele; wij wil... behoeftigen weder

TITRE : 7. Mots croisés

Notes :

es eaux
s
e à son
nts.

ssin
elnitsky,
is.

t n'est pas forcément la solution

MOTS CROISÉS

HORIZONTALEMENT

1- Sans rapport
2- Peut se jouer. Vas vite
3- Langue. Notre-Dame. Pas da
4- A deux
5- Développerons
6- Grave.
7- Mi-mouche. Six
8- Toile légère
9- Soumise à la nitration
10- Entremêlèrent

VERTICALEMENT

1- Pas catholique
2- Indigènes. Infinitif
3- Aluminium. Véhicule
4- Pas dur. Partie du cheval
5- Sans attaches
6- Non communiqué. Sous la croûte. Aime la baguette
7- Particule. Laize
8- Plante. Plante
9- Aurochs. Convient
10- Existe. Prend

SOLUTIONS

L'ÉNIGME DE DALMAS
CHASSE AU TRÉSOR

Il est vrai que le nombre ... chaqu j

à la typhoïde et au choléra – les grands tueurs transmis par les égouts à ciel ouvert du XIXe siècle – a été grande-

DOSSIER

L'ÉTÉ APPROCHE

M12 M11 P14 L14 S12 L13 R19 K15
K18 T18 S11 Q11 S17 N15 O14 N12
N20 K17 M15 K20 O16 K13 R12
M16 N16 K12 O13 N18 R14 K16
L15 L16 P12 P15 P20 L11

TITRE : *8. Rapports de police*

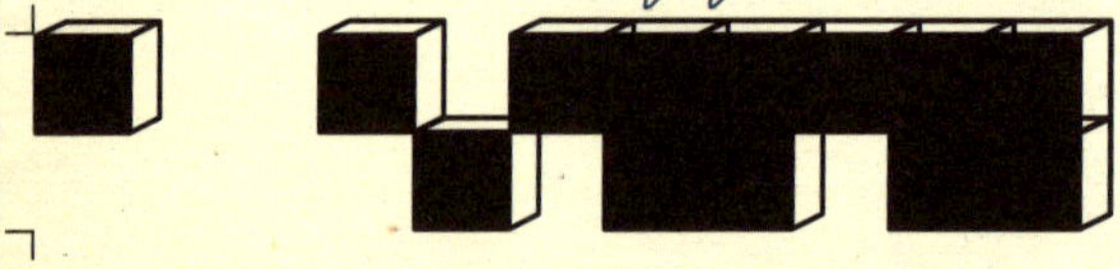

RÉPUBLIQUE FRANÇAISE
MINISTÈRE DE LA DÉFENSE
COMMANDEMENT DES AFFAIRES SPÉCIALES

Rapport de police

date : / / .

La victime nommée

DIMANCHE

20 JUIN

NEDECATACH TEAD MECEDAAISE
ALABBEIE SACHRIUCCH BAVE
RDIDEDFAFDRE

RÉPUBLIQUE FRANÇAISE
MINISTÈRE DE LA DÉFENSE
COMMANDEMENT DES AFFAIRES SPÉCIALES
Rapport de police
Le coupabl
6 47 12 13 42 15 25 48 39 46 36 18 16 17 34 21 14 29 43 31
23 39 25 27 28 49 9 26 19
19 37 45 27 46 9 39 25 17 28 34 49 16
18 35 17 45 37 46 25 38 16 15 49 9
39 17 46 47 9 16 29 18 48 35 25
46 15 39 45 6 16 17 29 48 18 47
5 49 25 15 27 36 35 38
17 25 46 43 44 35 19 18 9 48 47 42 39 16 29 45

TITRE : *9. Voyages*

-819 -915 +015
+945 -1244 -98
+97 +615
Kirghiz avec un aigle roya
+68 -022 -31
+30 -915
+330 -30 -915
+315 -60
-022 -1238
-330 +1530
+30 -615

TITRE : *10. Intérieur*

Notes :

TENDANCE DÉCO

séjour

Sur ton chemin regarde bien autour de toi

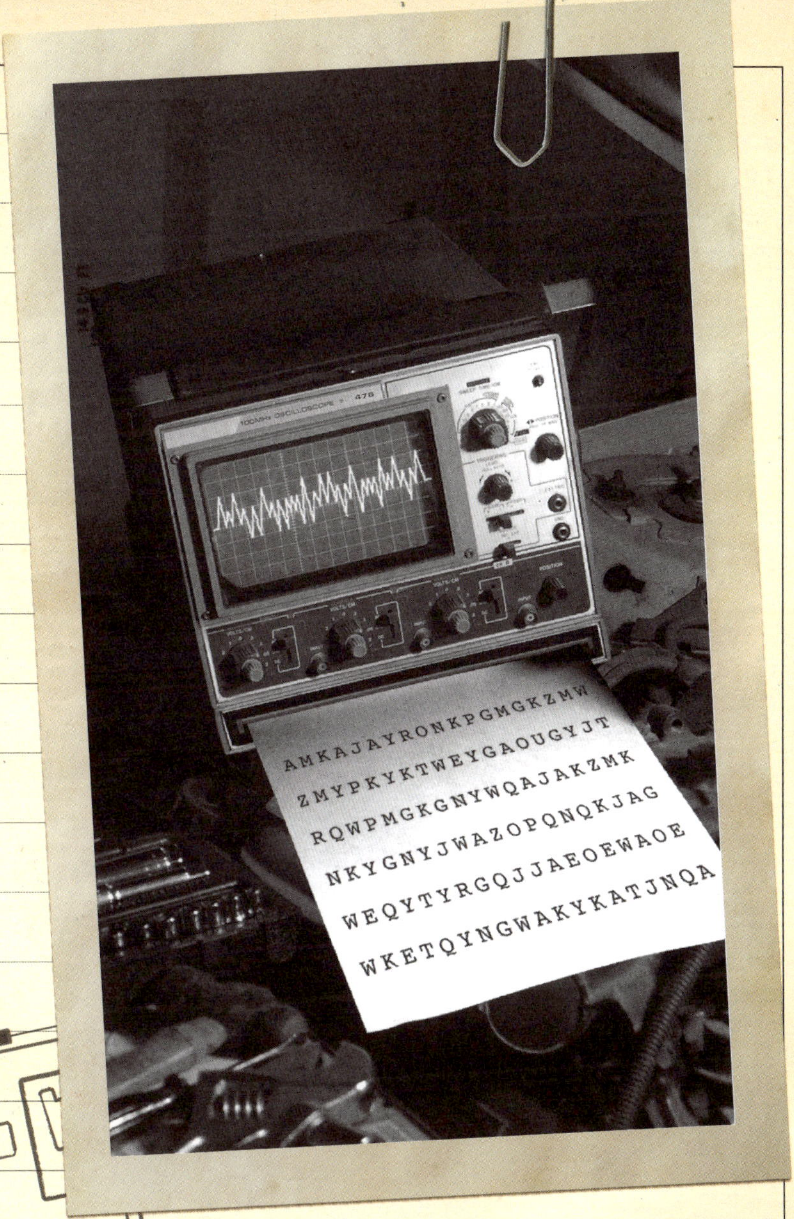
AMKAJAYRONKPGMGKZMW
ZMYPKYKTWEYGAOUGYJT
RQWPMGKGNYWQAJAKZMK
NKYGNYJWAZOPQNQKJAG
WEQYTYRGQJJAEOEWAOE
WKETQYNGWAKYKATJNQA

salle de bains

TITRE : 11. Les cartes

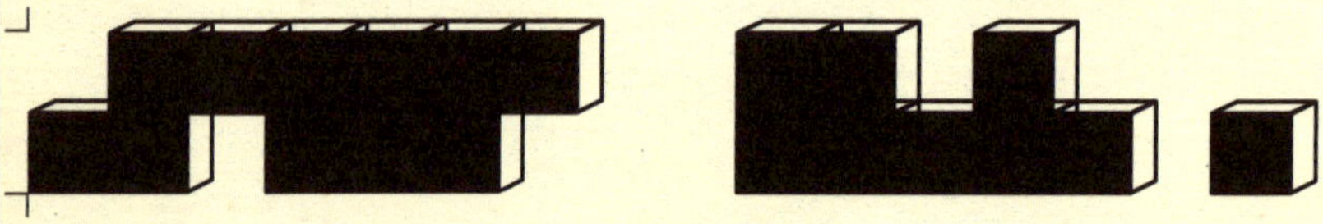

Notes :

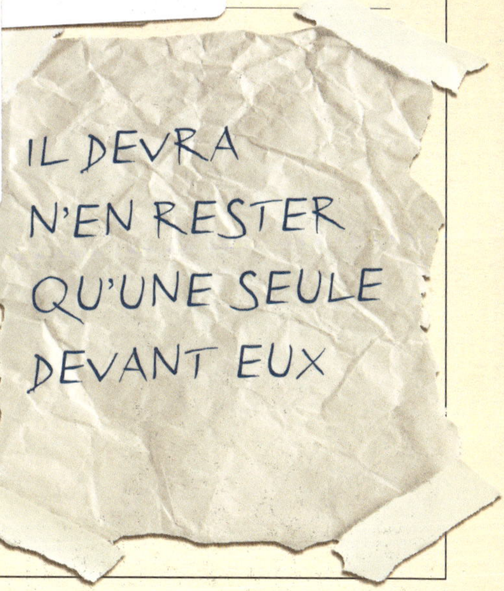
IL DEVRA
N'EN RESTER
QU'UNE SEULE
DEVANT EUX

TITRE : 12. Règlements

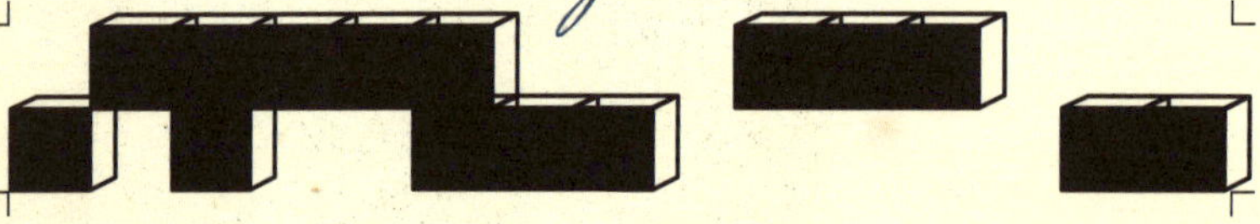

Notes :

171

V P W H I J D C Y S F D O R B N
726
1030
VOHBYBOEJHQRCNSXYQPUW
447
Z U L A N W D G G P C J A F J A B C
710
357
1106

TITRE :

Notes :

TITRE :

Notes :

TITRE :

Notes :

TITRE :

Notes :

À FAIRE :

Notes :

Entretien avec Sam Dalmas

Afin d'éviter aux chasseurs du trésor de Dalmas de se heurter à un certain nombre de problèmes au cours de leurs recherches, nous avons choisi de reproduire le premier entretien de travail que nous avons eu avec Sam Dalmas, l'auteur à l'initiative de ce projet hors du commun. Cet échange permet de répondre aux questions que se poseront sans doute tous les participants à cette chasse au trésor et de leur délivrer quelques précieux conseils.

Vendredi 15 septembre 2008, 14 h 30 dans les locaux d'Hachette Livre (Marabout)

L'éditeur :
Bonjour Sam, pouvez-vous nous expliquer en quelques mots le concept de l'ouvrage que vous avez choisi de faire éditer ?

Sam Dalmas :
Cet ouvrage, *Les 12 énigmes de Dalmas*, sera une chasse au trésor organisée sous la forme d'un livre-jeu. Un véritable trésor, un crâne d'or, sera enterré quelque part en France métropolitaine et ce livre contiendra tous les indices nécessaires et suffisants pour déterminer l'endroit précis où il est enfoui.

L'éditeur :
Avez-vous déjà réalisé ce type de jeu ?

Sam Dalmas :
Oui, mais j'ai d'abord été un joueur. C'est pour cette raison que j'ai décidé d'écrire ce livre en pensant surtout à procurer du plaisir aux lecteurs ; je n'ai pas créé intentionnellement de fausses pistes. Ce jeu n'est pas destiné à durer éternellement.

L'éditeur :
Ce trésor aura-t-il une valeur réelle faciale ou celle-ci sera-t-elle purement symbolique ?

Sam Dalmas :
Le trésor sera un objet d'art unique, que Baptiste Ymonet réalisera spécialement pour le jeu. Il restera la propriété du gagnant de la chasse au trésor. Par ailleurs, en échange du coffre et de chacun de ses éléments, de la méthodologie de résolution et de la solution de chacune des énigmes, conformément aux règles du jeu, celui qui aura localisé la cache et pris possession du trésor remportera la somme de 150 000 euros. On peut donc dire que ce trésor aura une réelle valeur !

L'éditeur :
Serez-vous le seul à connaître l'endroit exact de la cache du trésor ?

Sam Dalmas :
Oui, je serai le seul à savoir où le crâne d'or sera enfoui. L'éditeur, Hachette Livre (Marabout), l'huissier ainsi que le partenaire, Malakoff Médéric, ignoreront les solutions des énigmes ainsi que l'emplacement du trésor. Il sera donc inutile de tenter de rentrer en contact avec eux pour tenter de leur soutirer des indices ou de leurs soumettre des solutions.

L'éditeur :
Le joueur aura-t-il besoin de connaissances ou de matériel particuliers pour résoudre les douze énigmes contenues dans le carnet ?

Sam Dalmas :
Absolument pas ! Ce jeu est avant tout destiné à être divertissant. Je l'ai conçu avec très peu de matériel, il en faudra donc très peu pour le résoudre. La plupart des solutions aux

énigmes sont à la portée de tous ; il suffira simplement aux joueurs de se procurer quelques ouvrages de référence ou d'utiliser Internet pour toute documentation. Les joueurs devront surtout faire preuve d'imagination, de sagacité, d'astuce et de persévérance pour résoudre les douze énigmes.

L'éditeur :
Peut-on décrypter les énigmes dans n'importe quel ordre ?

Sam Dalmas :
Oui, sauf une ! Les joueurs pourront ainsi naviguer d'une énigme à l'autre librement. Attention toutefois : le fait que les énigmes puissent être résolues dans n'importe quel ordre ne veut pas dire qu'elles ne sont pas liées les unes aux autres…

L'éditeur :
Que doit faire un joueur qui n'avancerait plus dans ses recherches ?

Sam Dalmas :
Il ne pourra en tout cas ni me téléphoner ni m'écrire : étant dans l'impossibilité de répondre individuellement et équitablement à chaque joueur, je me refuserai à entretenir quelque correspondance que ce soit avec les joueurs, sans aucune exception. Toutefois, si un chasseur n'avançait plus dans ses recherches, il pourrait se connecter sur le site Internet dédié à la chasse au trésor, www.tresordedalmas.com, pour prendre connaissance des détails du jeu, dialoguer et échanger avec les autres chercheurs sur le forum, et savoir si le trésor a été découvert. Ce site permettra aux joueurs de se tenir informés au jour le jour des progrès de la chasse, de mesurer l'avancement du jeu et de trouver de nouvelles idées de décryptage. Enfin, si cela s'avérait

nécessaire, je délivrerai des indications supplémentaires sur le site du partenaire de cette chasse au trésor, www.malakoffmederic.com. En revanche, il sera inutile de tenter de pirater le site de la chasse au trésor ni celui de l'éditeur ni celui du partenaire : ils ne contiendront ni les réponses aux énigmes ni l'emplacement de la cache du trésor.

L'éditeur :
Les joueurs pourront-ils discuter avec vous pendant le jeu ?

Sam Dalmas :
J'ai prévu de donner rendez-vous régulièrement aux chasseurs sur le site dédié à la chasse au trésor. Mais je ne confirmerai ni n'infirmerai les propositions de solutions qu'ils pourraient me faire aux cours de ces échanges.

L'éditeur :
Êtes-vous sûr que le trésor sera trouvé ?

Sam Dalmas :
Je l'espère ! En tout cas, tout le monde aura sa chance ! Mon but, en organisant cette chasse au trésor, est de permettre à un chasseur de trouver le crâne d'or pour remporter les 150 000 €. Idéalement, je n'aimerais pas que le jeu dure plus d'un an après le début de la chasse.

L'éditeur :
Un joueur ayant résolu les douze énigmes sera-t-il certain d'avoir déterminé l'endroit où est enfoui le crâne ?

Sam Dalmas :
Oui, les douze énigmes résolues et leurs solutions parfaitement comprises permettront de déterminer précisément l'emplacement du coffre contenant le crâne d'or ainsi que les instructions permettant de se signaler en tant que gagnant.

L'éditeur :
Faudra-t-il déterrer physiquement le trésor ?

Sam Dalmas :
Bien sûr ! Le trésor aura été enterré quelque part en France métropolitaine. Le gagnant devra donc se rendre à l'endroit qu'il aura découvert en résolvant les douze énigmes et, à l'aide d'une bonne pelle, creuser pour prendre possession du trésor. Une précision importante toutefois : le crâne d'or ne sera pas caché dans un lieu privé ni dans un lieu privé ouvert au public. Il se trouvera donc dans un lieu public.

L'éditeur :
Merci, Sam. Nous vous donnons donc rendez-vous le 22 avril 2009 ?

Sam Dalmas :
Tout à fait ! C'est ce jour-là que la chasse au trésor débutera. Bonne cha « n » sse à tous !

Règlement du jeu-concours de sagacité « Les 12 énigmes de Dalmas »

Article 1 – Organisation

Hachette Livre (département Marabout), société anonyme au capital de 6 260 976 euros, dont le siège social est sis 43, quai de Grenelle, 75905 Paris cedex 5, RCS Paris 602 060 147, organise, en partenariat avec A3M, Association de Moyens Malakoff Médéric, un jeu-concours sous la forme d'un jeu de sagacité.

Article 2 – Participation / Durée

Ce jeu de sagacité débutera le jour de la publication du livre intitulé « Les 12 énigmes de Dalmas » (ci-après le « Livre »), par le département Marabout, et prendra fin le jour où un joueur personne physique aura été déclaré gagnant selon ce qui est dit ci-après, ou, au plus tard, le 31 décembre 2014, si aucun gagnant n'a été désigné avant ou à cette date.
Il est ouvert à toute personne physique résidant en France métropolitaine à l'exception de l'auteur, du personnel des sociétés du groupe Hachette Livre, des entités du groupe A3M Malakoff Médéric, ainsi que des membres de leur famille et de toute personne ayant directement ou indirectement participé à la conception, à la réalisation ou à la gestion du jeu-concours. Pour les mineurs, la participation au jeu est effectuée sous le contrôle et la responsabilité des parents ou des représentants légaux.
La participation de toute personne physique est nécessairement individuelle : elle ne peut donner lieu à un collectif, ou mise en association, ou groupement de quelque nature que ce soit.
Hachette Livre se réserve la possibilité également de cesser ou d'annuler à tout moment ce jeu-concours, pour quelque motif que ce soit.

Article 3 – Principe

Ce jeu de sagacité nécessite la résolution de douze énigmes posées dans le Livre, disponible dans les points de vente au détail (si ce dernier l'a référencé) ou dans les bibliothèques. Les douze énigmes ainsi résolues et leurs solutions parfaitement comprises permettent de déterminer l'emplacement d'un coffre situé en France métropolitaine, contenant, à l'intérieur, le trésor de Dalmas – le crâne d'or – ainsi que la procédure permettant au joueur de se signaler. Le livre identifie les indices nécessaires et suffisants pour déterminer l'emplacement du coffre. Toutefois, un site Internet accessible via l'url www.tresordedalmas.com, édité par Hachette Livre, ainsi que certaines pages du site Internet édité par Malakoff Médéric et accessible via l'url www.malakoffmederic.com pourront, sans être une obligation, communiquer des indices supplémentaires.

Article 4 – Déroulement – Désignation du gagnant

Sera déclarée gagnante la personne qui cumulativement (i) aura retrouvé l'emplacement du coffre contenant le trésor en ayant résolu les énigmes (ii) sera en possession dudit coffre et de chacun de ses éléments (iii) aura mis en œuvre la procédure d'identification indiquée dans le coffre (iv) aura expliqué en détail la méthodologie de résolution et la solution de chacune des énigmes, en présence de l'auteur du Livre, d'une personne désignée par Hachette Livre, et d'un huissier de justice de la SCP Alain Gaultier – Joël Mazure – 51, rue Sainte-Anne – 75002 Paris (v) aura parfaitement respecté l'engagement de confidentialité.

Si la personne refusait de se plier à l'ensemble de ces exigences, ou s'il était avéré qu'elle a commis une irrégularité, elle ne pourra se voir attribuer la qualité de gagnant. Dans ce cas, Hachette Livre pourra, après concertation avec son partenaire Malakoff Médéric, soit décider de poursuivre le jeu-concours, soit de cesser le jeu-concours et attribuer le gain au profit de toute entité caritative ou humanitaire.

Article 5 – Valeur du gain

La qualité de gagnant donne droit à l'attribution d'un gain égal à une somme de 150 000 euros. Cette somme sera versée sous un délai de 12 (douze) mois après la détermination du gagnant. Si le gagnant est mineur, la somme sera versée sur un compte de manière à ce que les fonds ne puissent être touchés par le gagnant mineur qu'à sa majorité.

Article 6 – Remise du gain

Le gagnant accepte que la remise du gain soit effectuée en présence des médias, et il ne s'opposera pas à ce que l'opération soit éventuellement diffusée à la radio, et/ou à la télévision, et/ou sur Internet, et/ou sur d'autres plate-formes (mobiles ou autres). Cette remise pourra donner lieu à une cérémonie réunissant l'auteur du Livre, des représentants de Hachette Livre, de Malakoff Médéric, et toute autre personne conviée.

Le gagnant accepte également que son nom, sa photo ou tout reportage filmé ou non sur le jeu ou ses solutions puissent être utilisés à des fins publi-promotionnelles, sans qu'il ne puisse prétendre à rémunération de ce fait.

Article 7 – Engagement de confidentialité

Afin de permettre à l'éditeur du Livre de publier éventuellement un livre contenant les solutions, de le diffuser et de lui assurer des ventes normales pendant une durée raisonnable, le gagnant de ce jeu-concours s'interdit de faire la moindre déclaration, d'accorder des interviews, de publier ou de révéler les solutions de tout ou partie des énigmes et l'emplacement du trésor, de relater des anecdotes concernant le jeu-concours et son déroulement et, en règle générale, de diffuser toute information pendant une durée de 2 (deux) années à compter du jour où il aura été déclaré gagnant. Il accepte formellement de réserver ses déclarations à Hachette Livre et à l'auteur du Livre, ou à tout bénéficiaire, à l'exception de toute autre personne, entreprise ou organisme qui le solliciterait. Également, le gagnant, sous sa propre responsabilité, se porte fort du parfait respect de cet engagement par toutes les personnes de son entourage ayant eu connaissance des circonstances de sa découverte, et du parfait respect des dispositions du présent article.

Article 8 – Responsabilité

L'auteur du Livre indique que l'emplacement du trésor ne se situe pas sur un terrain privé. En conséquence, il appartient aux participants d'opérer leurs recherches dans le strict respect de la réglementation et, particulièrement, de ne commettre à cette occasion, aucun fait, dommage ou autre qui puisse engager leur responsabilité. Notamment, les participants s'engagent, à l'occasion de leurs recherches, à respecter tous droits de propriété, de jouissance, de servitude ou autres, ainsi que les droits des tiers. L'auteur du Livre, Hachette Livre et Malakoff Médéric déclinent toute responsabilité en cas d'engagement, par un tiers notamment, de la responsabilité du participant, dans le cadre de la participation au jeu-concours, et notamment si des atteintes, dommages ou faits fautifs étaient commis par les participants au jeu, de quelque nature et à quelque titre que ce soit. Les participants garantissent donc l'auteur du Livre, les sociétés et entités du groupe Hachette Livre et de Malakoff Médéric, ainsi que leurs mandataires, préposés, représentants, sous-traitants, contre les conséquences d'éventuelles poursuites engagées par des tiers de ce fait et renoncent à entreprendre toute action à l'encontre de l'auteur du Livre, les sociétés et entités du groupe Hachette Livre et de Malakoff Médéric, leurs mandataires, préposés, représentants, sous-traitants, et ce, quel qu'en soit le motif.

Article 9 – Règlement

Le fait de participer à ce jeu implique l'acceptation pleine et entière du présent règlement, déposé à la SCP Gaultier et Mazure – Huissiers de Justice – 51, rue Sainte-Anne – 75002 Paris.
Le présent règlement est adressé à titre gratuit à toute personne en faisant la demande, à l'adresse suivante avant la clôture du concours: Société Hachette Livre – Département Marabout – Jeu-concours « Les 12 énigmes de Dalmas » – 43, quai de Grenelle – 75905 Paris cedex 15. Les frais d'affranchissement seront remboursés, sur demande du participant sur papier libre (indiquant ses nom, prénom et adresse postale) effectuée simultanément à la demande de règlement, sur la base du tarif en vigueur de la poste pour l'acheminement à vitesse réduite (base : 20 g).
Le règlement complet pourra également être disponible à titre gratuit sur l'une des pages du site www.tresordedalmas.com où il peut être librement consulté et imprimé.
En cas de différence entre la version du règlement déposé chez l'huissier de justice et la version accessible en ligne, seule la version déposée chez l'huissier de justice prévaudra dans tous les cas de figure. De même, la version déposée chez l'huissier de justice fait foi au regard des informations divulguées sur le site Internet et en contradiction avec le présent règlement.
Tout différend quel qu'il soit pouvant naître du présent règlement sera soumis aux tribunaux compétents de Paris.
Aucun renseignement ne sera communiqué par Hachette Livre, quel qu'en soit le support.

Article 10 – Informatique et libertés

La participation au jeu-concours peut donner lieu à l'établissement d'un fichier automatisé à des fins promotionnelles ou publicitaires. Conformément à la loi Informatique et Libertés n° 78-17 du 6 janvier 1978, les participants disposent d'un droit d'accès, de rectification et de radiation des données collectées à l'occasion de leur participation au jeu-concours. Les participants peuvent exercer ce droit, ou s'opposer à ce que les dites données soient cédées à des tiers ou exploitées hors Union européenne sur demande écrite adressée à la société organisatrice à l'adresse visée au préambule du présent règlement.

Imprimé en Espagne par Graficas Estella
pour le compte des Éditions Marabout

Dépôt légal : Avril 2009

ISBN 13 : 978-2-501-05800-1
40.8038.8

Édition 01